BATMAN

KNIGHTFALL

TEIL 4

Text: DOUG MOENCH, CHUCK DIXON und
ALAN GRANT

Bleistiftzeichnung: JIM APARO, GRAHAM NOLAN,
BRET BLEVINS und MIKE MANLEY

Tuschzeichnung: SCOTT HANNA, BRET BLEVINS,
TERRY AUSTIN und MIKE MANLEY

Farben: ADRIENNE ROY

Übersetzung: UWE ANTON
Lettering: MICHAEL MÖLLER
Produktion: FLORIAN H. ENNS
Lektorat: UTA SCHMID-BURGK

CARLSEN VERLAG

BATMAN wurde geschaffen von Bob Kane

CARLSEN COMICS
Lektorat: Uta Schmid-Burgk, Andreas C. Knigge, Marcel Le Comte
1. Auflage Oktober 1995

Aus dem Amerikanischen von Uwe Anton
KNIGHTFALL: WHO RULES THE NIGHT

Lettering: Michael Möller
Redaktion: Uta Schmid-Burgk
Druck und buchbinderische Verarbeitung:
Westermann Druck Zwickau GmbH

ISBN 3-551-72671-X
Printed in Germany

PRECINCT
WAGEN 49! ERBITTE DRINGEND VERSTÄRKUNG!
WO ZUM TEUFEL BLEIBT DIE FEUERWEHR?
... KRAWALL AM EMBASSY-THEATER!
ES IST SCARECROWS FURCHTGAS! ALLE EINHEITEN SIND IM EINSATZ! ICH SCHICKE VERSTÄRKUNG, SOBALD ICH...
... HECKENSCHÜTZE IN DER DEAN STREET!
... PANIK AUSGEBROCHEN...
ÄHEM!
ICH MÖCHTE MICH STELLEN.
DAS IST ER! SCARECROW!
HÄNDE HOCH!

HE! WAS IST DAS?
VOR-SICHT...!
GAS...!
FWOOMFF!
GAKK!
HUST!
WÖLFE! WÖLFE!
DARLENE...! BITTE VERLASS MICH NICHT!
S-SCARECROWS BANDE! TUT MIR NICHTS!
HA!
AAAH!
BLAM
BLAM
BLAM
ZURÜCK, SAGE ICH!

„GOTTESFURCHT IST DER ANFANG DER WEISHEIT!" SEID WEISE, BÜRGER GOTHAMS! FÜRCHTET MICH! BETET MICH AN!
ERKLÄRT MICH BIS MITTERNACHT ZU EUREM GOTT... ODER GEHT ZUGRUNDE!
DA... SEIN HOLOGRAMM-SENDER!
BIS MITTER-NACHT!
VERDAMMT! DAS IST NUR EINER VON MEHREREN PROJEKTOREN!
3

DAS IST SCARECROWS WERK...
... OBWOHL LETZTLICH BANE DIE SCHULD DARAN TRÄGT!
IHN MÜSSTE ICH ZUR STRECKE BRINGEN! ICH KÖNNTE DIESES GEMETZEL BEENDEN, INDEM ICH IHN TÖTE!
NEIN!
GOTHAM IST JETZT MEINE STADT. ICH MUSS SIE SCHÜTZEN... UND SCARECROW IST VORDRINGLICH!
DIE HOLOGRAMM-PROJEKTOREN HAT ER ERST GESTERN GESTOHLEN...
... ABER SIE GEBEN MIR KEINEN HINWEIS DARAUF, WO ER IST!
SEIN VERRÜCKTES ULTIMATUM LÄUFT UM MITTERNACHT AB... ALSO MUSS ER PLÄNE FÜR EINEN GROSSANGELEGTEN ANGRIFF HABEN!
ICH MUSS ERNEUT SÄMTLICHE DATEN ÜBERPRÜFEN... VIELLEICHT HABE ICH ETWAS ÜBERSEHEN...
ZENTRALE... HIER BULLOCK. ICH HABE ENDLICH EINE LISTE DER VON SCARECROW ENTFÜHRTEN STUDENTEN.
4

IN GOTHAM HERRSCHT CHAOS!
DIE POLIZEI BESTÄTIGT, DASS DER EHEMALIGE PROFESSOR JONATHAN CRANE... ALIAS SCARECROW... AN MEHREREN ORTEN SEIN TÖDLICHES FURCHTGAS FREIGESETZT HAT!
DIE FEUERWEHR KÄMPFT GEGEN ZWEI GROSSBRÄNDE! ALS IM HOTEL RITZ DIE DECKE DES BALLSAALS ZUSAMMENBRACH, GAB ES ÜBER HUNDERT TOTE!
IM 43. REVIER WURDE EIN STUDENT, VON DEM MAN ANNAHM, SCARECROW HABE IHN ENTFÜHRT, BEI EINEM FEUERGEFECHT ERSCHOSSEN. AUCH DREI POLIZISTEN STARBEN.
IN DER INNENSTADT IST DER VERKEHR ZUSAMMENGEBROCHEN. DIE FEUERWEHR KOMMT NICHT ZUM EMBASSY-THEATER DURCH, IN DEM BEI EINER PANIK EBENFALLS DUTZENDE VON MENSCHEN STARBEN.
UND ÜBER DER STADT EIN RIESIGES HOLOGRAMM DES TÄTERS...
HRAAOOO!
HRAAAAA!
... ABER DIESMAL HAT SCARECROW SICH WIRKLICH ÜBERTROFFEN!
DER VERRÜCKTE DROHT, DIE GANZE STADT ZU ZERSTÖREN, WENN GOTHAM IHN NICHT ALS GOTT VEREHRT!

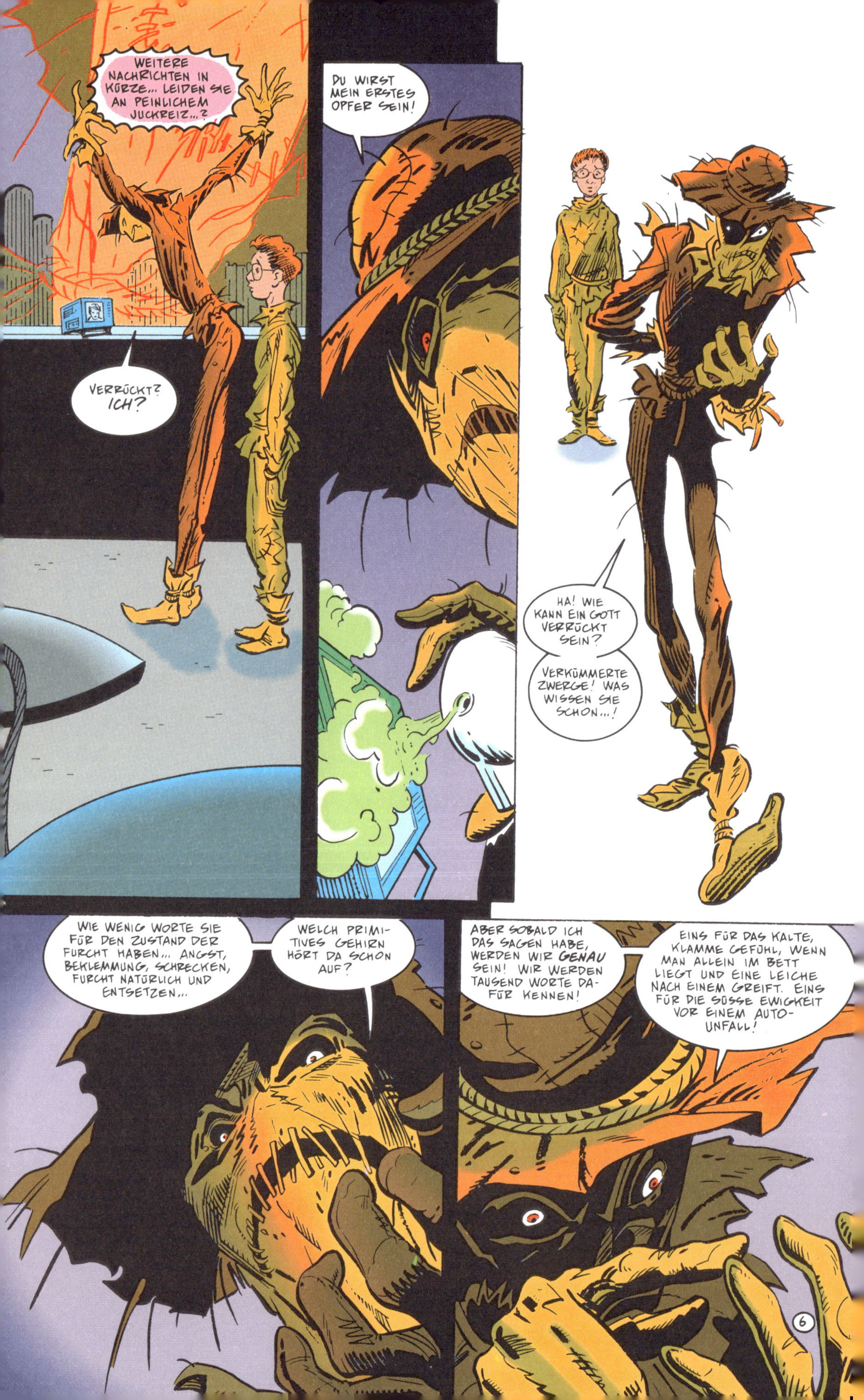
WEITERE NACHRICHTEN IN KÜRZE... LEIDEN SIE AN PEINLICHEM JUCKREIZ...?
VERRÜCKT? ICH?
DU WIRST MEIN ERSTES OPFER SEIN!
HA! WIE KANN EIN GOTT VERRÜCKT SEIN?
VERKÜMMERTE ZWERGE! WAS WISSEN SIE SCHON...!
WIE WENIG WORTE SIE FÜR DEN ZUSTAND DER FURCHT HABEN... ANGST, BEKLEMMUNG, SCHRECKEN, FURCHT NATÜRLICH UND ENTSETZEN...
WELCH PRIMITIVES GEHIRN HÖRT DA SCHON AUF?
ABER SOBALD ICH DAS SAGEN HABE, WERDEN WIR GENAU SEIN! WIR WERDEN TAUSEND WORTE DAFÜR KENNEN!
EINS FÜR DAS KALTE, KLAMME GEFÜHL, WENN MAN ALLEIN IM BETT LIEGT UND EINE LEICHE NACH EINEM GREIFT. EINS FÜR DIE SÜSSE EWIGKEIT VOR EINEM AUTOUNFALL!
6

EINE MILLION BEGRIFFE FÜR FURCHT!
WAS MEINST DU, PHIL?
HALLO? JEMAND ZU HAUSE?
RAP RAP
WAS DENKST DU DA DRIN? DU HASST MICH, WAS?
JA.
Ja, ich hasse dich kaltblütigen Irren!
DENKST DU DARAN, WIE ICH DEINEN VATER GETÖTET HABE? ODER ÜBERLEGST DU, WIE ICH DICH TÖTEN WERDE?
BEIDES.
Ich will die Hände um deinen dürren Hals legen und drücken und drücken und drücken...
KOPF HOCH! ICH MAG DICH. WAS IMMER AUCH GESCHEHEN WIRD, ICH GARANTIERE DIR EINEN AUSGEZEICHNETEN TOD!
Aber seine Gehirnwäsche hat mir den Willen genommen. Ich kann mich nur bewegen, wenn er es mir befiehlt.
ICH KANN UNTER DER KAPUZE KAUM ETWAS VON SEINEN LIPPEN ABLESEN...

... ABER ICH WEISS AUCH SO, DASS ER VERRÜCKT IST. ICH SOLLTE IHN BESEITIGEN...
... ABER DAS WÄRE NUR EINE KURZFRISTIGE LÖSUNG. OHNE BATMAN GÄBE ES KEINEN SCARECROW... KEINEN JOKER... KEINEN BANE!
„ER ZIEHT SIE AN WIE FAULIGES FLEISCH DIE FLIEGEN. ABER ER IST NICHT DUMM...“
„... ICH WETTE, ER BEKOMMT HERAUS, WO SCARECROW IST.“
EINER DER ENTFÜHRTEN STUDENTEN HEISST HAROLD. ICH KENNE DIESEN NAMEN VON MEINEM STUDIUM HER. DER JUNGE HAT DIE BÜCHERSAMMLUNG SEINES VATERS GEERBT...
„UND DANN...“
... UND SCARECROWS LEIDENSCHAFT GALT SCHON IMMER ALTEN BÜCHERN!
... WARTET ANARKY AUF IHN!
8

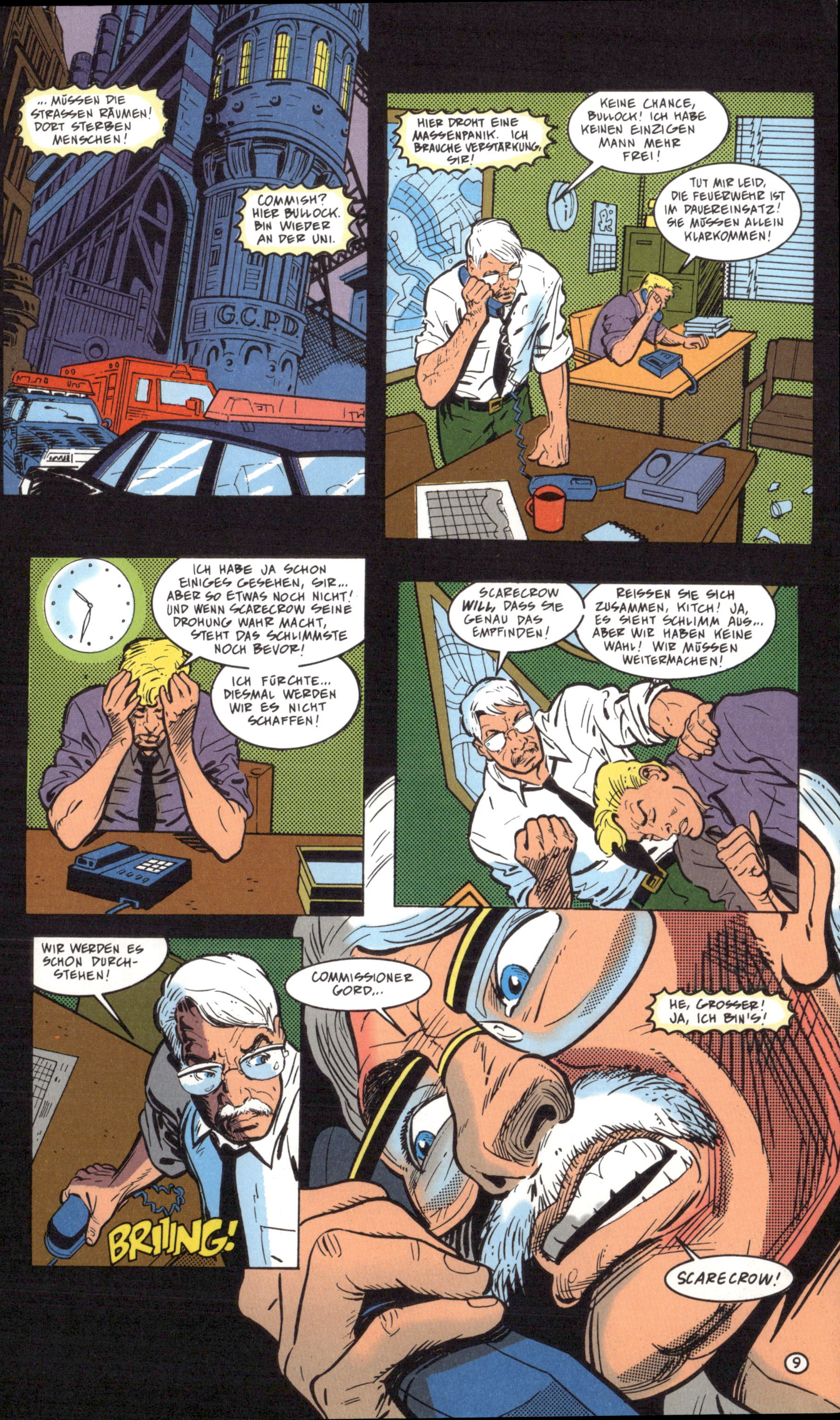

... MÜSSEN DIE STRASSEN RÄUMEN! DORT STERBEN MENSCHEN!
COMMISH? HIER BULLOCK. BIN WIEDER AN DER UNI.
G.C.P.D.
HIER DROHT EINE MASSENPANIK. ICH BRAUCHE VERSTÄRKUNG, SIR!
KEINE CHANCE, BULLOCK! ICH HABE KEINEN EINZIGEN MANN MEHR FREI!
TUT MIR LEID, DIE FEUERWEHR IST IM DAUEREINSATZ! SIE MÜSSEN ALLEIN KLARKOMMEN!
ICH HABE JA SCHON EINIGES GESEHEN, SIR... ABER SO ETWAS NOCH NICHT! UND WENN SCARECROW SEINE DROHUNG WAHR MACHT, STEHT DAS SCHLIMMSTE NOCH BEVOR!
ICH FÜRCHTE... DIESMAL WERDEN WIR ES NICHT SCHAFFEN!
SCARECROW WILL, DASS SIE GENAU DAS EMPFINDEN!
REISSEN SIE SICH ZUSAMMEN, KITCH! JA, ES SIEHT SCHLIMM AUS... ABER WIR HABEN KEINE WAHL! WIR MÜSSEN WEITERMACHEN!
WIR WERDEN ES SCHON DURCHSTEHEN!
BRIIING!
COMMISSIONER GORD...
HE, GROSSER! JA, ICH BIN'S!
SCARECROW!

HABEN SIE GENUG? WIRD DIE STADT MICH JETZT ZUM GOTT ERKLÄREN?
ICH HABE EINEN TANKWAGEN VOLLER FURCHTGAS IN GOTHAM VERSTECKT! WENN SIE MICH NICHT OFFIZIELL ZUM GOTT ERKLÄREN, WIRD ER UM PUNKT MITTERNACHT EXPLODIEREN!
HÖREN SIE ZU, SIE MÖRDERISCHER IRRER! ICH...
NEIN, GORDON! SIE HÖREN ZU...
DIE ZEIT WIRD KNAPP, GORDON. DAS IST DIE LETZTE WARNUNG!
SCARECROW... SIE SIND UNLOGISCH! WIE ZUM TEUFEL SOLLEN WIR SIE ZUM GOTT MACHEN?
CLICK
SCARECROW...?
IRGENDWIE ÜBERSTEHEN WIR ES. IRGENDWIE.

... GORDON AN ALLE EINHEITEN! SCARECROW DROHT, IN GOTHAM EINEN TANKWAGEN MIT FURCHTGAS ZU SPRENGEN.
ÜBERPRÜFEN SIE ALLE TANKLASTER!
DAS IST QUATSCH! DAS GAS MUSS IN GE-SCHLOSSENEN RÄUMEN FREI-GESETZT WERDEN, SONST VERFLÜCHTIGT ES SICH!
ICH VERSTEHE DAS NICHT...
... ABER WENN ICH IHN HABE, WIRD ER ES MIR ERKLÄREN!
DIE POLIZEI HAT MITT-LERWEILE EINEN GROSSTEIL DER INNENSTADT ABGERIEGELT. DEN BÜRGERN WIRD GERATEN, IN DEN HÄUSERN ZU BLEIBEN.
WIR HALTEN SIE AUF DEM LAUFENDEN!
11

MUSIK IN MEINEN OHREN! UND DAS ALLES HABEN MEINE HELFER ERMÖG-LICHT... MEINE... WIE SOLLEN WIR SIE NENNEN? VIEL-LEICHT „DIE BÖSEN VOGEL-SCHEUCHEN"?
JA. DAS IST GUT!
HERRLICH, GOTHAM BRENNEN ZU SEHEN!
HRAAIIIII!
HROOAA!
KOMM SCHON, BATMAN! WO BLEIBST DU?
12

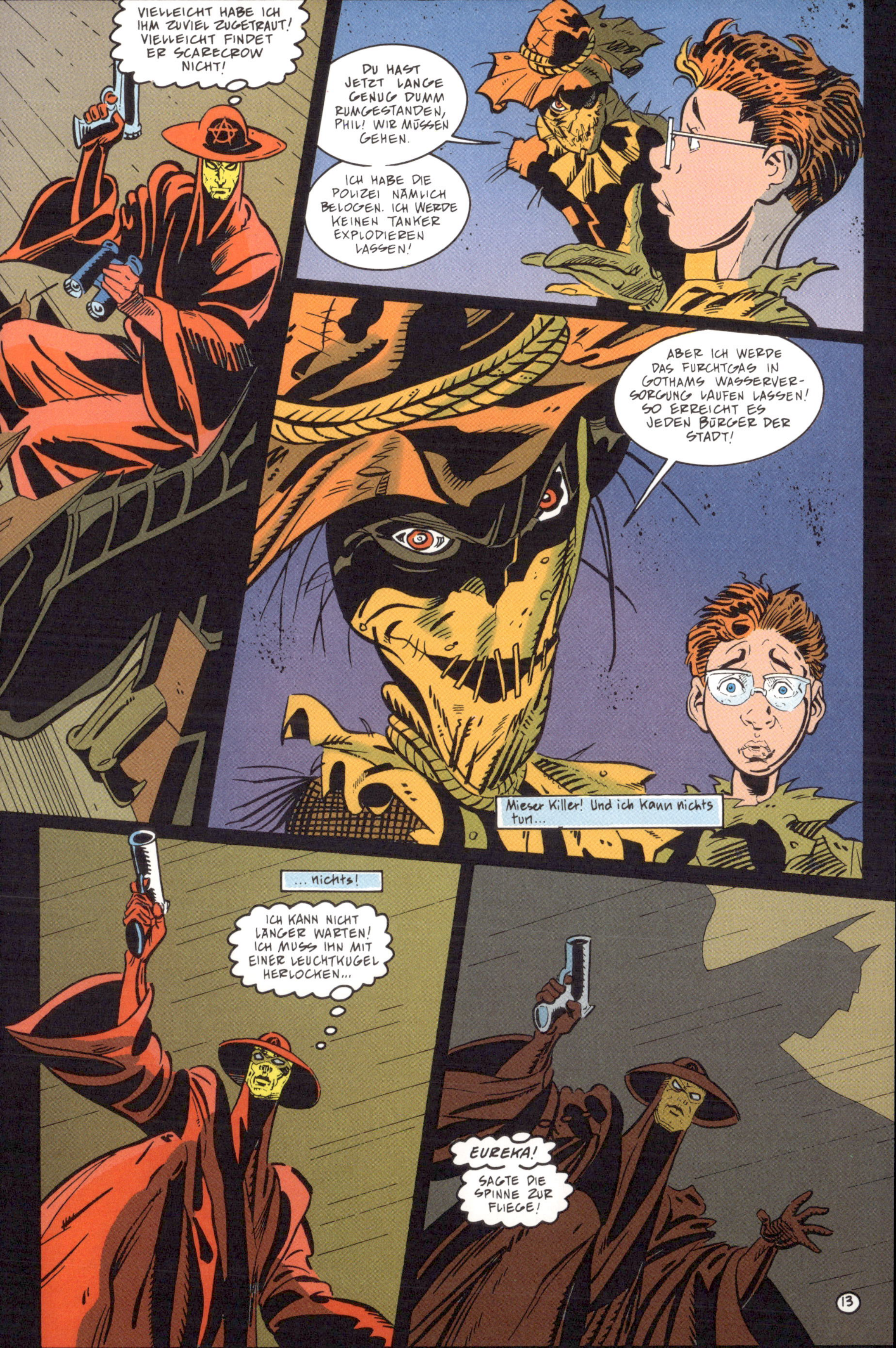
VIELLEICHT HABE ICH IHM ZUVIEL ZUGETRAUT! VIELLEICHT FINDET ER SCARECROW NICHT!
DU HAST JETZT LANGE GENUG DUMM RUMGESTANDEN, PHIL! WIR MÜSSEN GEHEN.
ICH HABE DIE POLIZEI NÄMLICH BELOGEN. ICH WERDE KEINEN TANKER EXPLODIEREN LASSEN!
ABER ICH WERDE DAS FURCHTGAS IN GOTHAMS WASSERVERSORGUNG LAUFEN LASSEN! SO ERREICHT ES JEDEN BÜRGER DER STADT!
Mieser Killer! Und ich kann nichts tun...
... nichts!
ICH KANN NICHT LÄNGER WARTEN! ICH MUSS IHN MIT EINER LEUCHTKUGEL HERLOCKEN...
EUREKA!
SAGTE DIE SPINNE ZUR FLIEGE!
13

SCARECROW SIEHT IHN!
MIST!
ER WIRD ENT-KOMMEN!
FWOOOMFF!
WAS ZUM...?
14

ES IST VORBEI, SCARECROW!
NUN...
...DA BIN ICH ANDERER MEINUNG!
SHOOF
SHOOOF
SHOOF
SHOOF
ER HAT DIE DINGER MIT FURCHTGIFT GETRÄNKT!
WOVOR HABE ICH ANGST?
ICH WÜRD'S GERN WISSEN...
...ABER JETZT IST NICHT DIE ZEIT FÜR EXPERIMENTE!
SWATT
ICH HABE DOCH GESAGT...

...ES IST VORBEI!
WAKK!
ICH BIN KEIN BILLIGER KLEINER GANOVE, BATMAN!
ICH STEHE AN DER SCHWELLE ZUR GÖTTLICHKEIT...
...UND KEIN STERBLICHER HÄLT MICH AUF!
ICH VERLASSE MICH LIEBER AUF MEINE NATÜRLICHE GENIALITÄT... ABER ICH BIN AUCH FÜR EINE KLEINE SCHLÄGEREI ZU HABEN!
DER CRANE-STIL...
ZUTREFFEND, WAS?
16

ES GIBT KEINE VERTEIDIGUNG DAGEGEN!
DAS STIMMT WOHL KAUM!
DU WIRST FÜR DAS, WAS DU GETAN HAST, LEIDEN...
OH, JETZT HABE ICH ABER ANGST! WEISST DU NICHT... „WER DAS LEIDEN FÜRCHTET, LEIDET BEREITS UNTER SEINER FURCHT!"
ACH JA?
BAMM!
UUUNHH!

WAS...?
EBEN-
DER...
ANARKY!
... ZU DEINEM
PECH!
DU JUNGER
NARR! LASS MICH
SOFORT FREI! WEISST
DU NICHT, WAS DIE-
SER VERRÜCKTE
VORHAT?
NUR ZU GUT. ABER
AUCH ER IST MEIN
GEFANGENER.
WARUM?
WAS HAST DU
VOR?
SCARECROW KEHRT
NACH ARKHAM ZURÜCK.
ABER DU, BATMAN... DU
STELLST MICH VOR EIN
ERNSTES PROBLEM. ICH
HABE LANGE DARÜBER
NACHGEDACHT...
... UND BIN ZUM SCHLUSS
GEKOMMEN, DASS ICH
DICH TÖTEN MUSS!
FZZKK!
18

DENN DU BIST DER AUSLÖSER... DER GRUND FÜR ALLE PROBLEME GOTHAMS! DU ZIEHST ÄRGER AN... DIE VERRÜCKTEN UND DIE BÖSEN... WIE EIN MAGNET!
OHNE DICH WERDEN SIE ALLE WIEDER IN DAS VERGESSEN ABTAUCHEN, AUS DEM SIE KAMEN!
ES GIBT NOCH EINEN AUSWEG!
PHIL! SCHLAGE IHN! ICH BEFEHLE ES!
WHAKK!
AAAH!
AHH!
SHOOF!
UND ICH KÜMMERE MICH UM BATMAN!
SCHNELL! HOL MICH RAUS!

EINE WELLE DER FURCHT NACH DER ANDEREN DURCHFLUTET MICH... DER MAGEN ZUSAMMENGEZOGEN... DER MUND TROCKEN... DAS HERZ RAST...
WER BIN ICH? ICH KENNE MICH NICHT. ICH BIN TON, DER GEFORMT WERDEN KANN, EIN ROBOTER, DER VOM ORDEN VON ST. DUMAS PROGRAMMIERT WURDE. MEIN VERSTAND... MEIN DASEIN... GEHÖRT JEMAND ANDEREM!
DIE WELT STIRBT! VERGIFTETE MEERE... LUFT, DIE MAN NICHT MEHR ATMEN KANN! DIE POLITIKER... UND BANKIERS... OPFERN UNS ALLE AUF DEM ALTAR IHRER GIER!
UND WAS BIN ICH UNTER DER MASKE?
DIE ANTWORT KREIST IN MEINEM GEQUÄLTEN GEHIRN...
NICHTS! DU BIST ÜBERHAUPT NICHTS!
BITTE... TÖTE UNSERE WELT NICHT!

DIE VERTEIDIGER GOTHAMS... HILFLOS WIE KLEINE KINDER! HAHAHAHA!
NOCH WÄHREND ICH HILFLOS AM BODEN KRIECHE, SETZT EIN NEUES PROGRAMM EIN...
WAS?
VERDAMMT, ST. DUMAS? KANN ICH NICHT MAL ANGST HABEN?
ABER... DAS IST UNMÖGLICH! DAS WAR KONZENTRIERTE FURCHT! BEI DER MENGE MÜSSTEST DU EINE STUNDE LANG WEG SEIN!
JEMAND HAT MAL GESAGT...
... LEDIGLICH DIE FURCHT SELBST MÜSSEN WIR FÜRCHTEN!
AUF DIE FÜSSE! DU BIST ZWAR VERRÜCKT... ABER ICH WERDE DIR TROTZDEM DIE ABREIBUNG VERPASSEN, DIE DU VERDIENST!
WIRKLICH, BATMAN? AUF EINS IST IMMER VERLASS... AUF DEINEN EHRENKODEX!
PHIL! STÜRZ DICH VOM DACH!
21

NEIN!
ER ODER ICH! WER DENN NUN?
Das Dach ist hoch. Ich weiß, ich werde sterben... aber ich muß ihm trotzdem gehorchen.
JUNGE... TU'S NICHT!
ER IST MEIN SKLAVE! ER MUSS ES TUN! BEEIL DICH LIEBER, BATMAN...
Ich bin nicht mal traurig darüber.
DU LÄSST IHN STERBEN! ICH GLAUB'S NICHT...
GLAUBE ES!

STEH NICHT DA RUM, MANN! ICH KANN IHN NICHT HALTEN!
ER IST HYPNOTISIERT... STARR VOR ANGST!
DU KONNTEST NICHT AHNEN, DASS ICH IHN ERWISCHE.
DU HÄTTEST IHN STERBEN LASSEN, NICHT WAHR?
WÄRE SCARECROW ENTKOMMEN, HÄTTE DIE GANZE STADT GELITTEN.
ES WAR KEINE FRAGE.

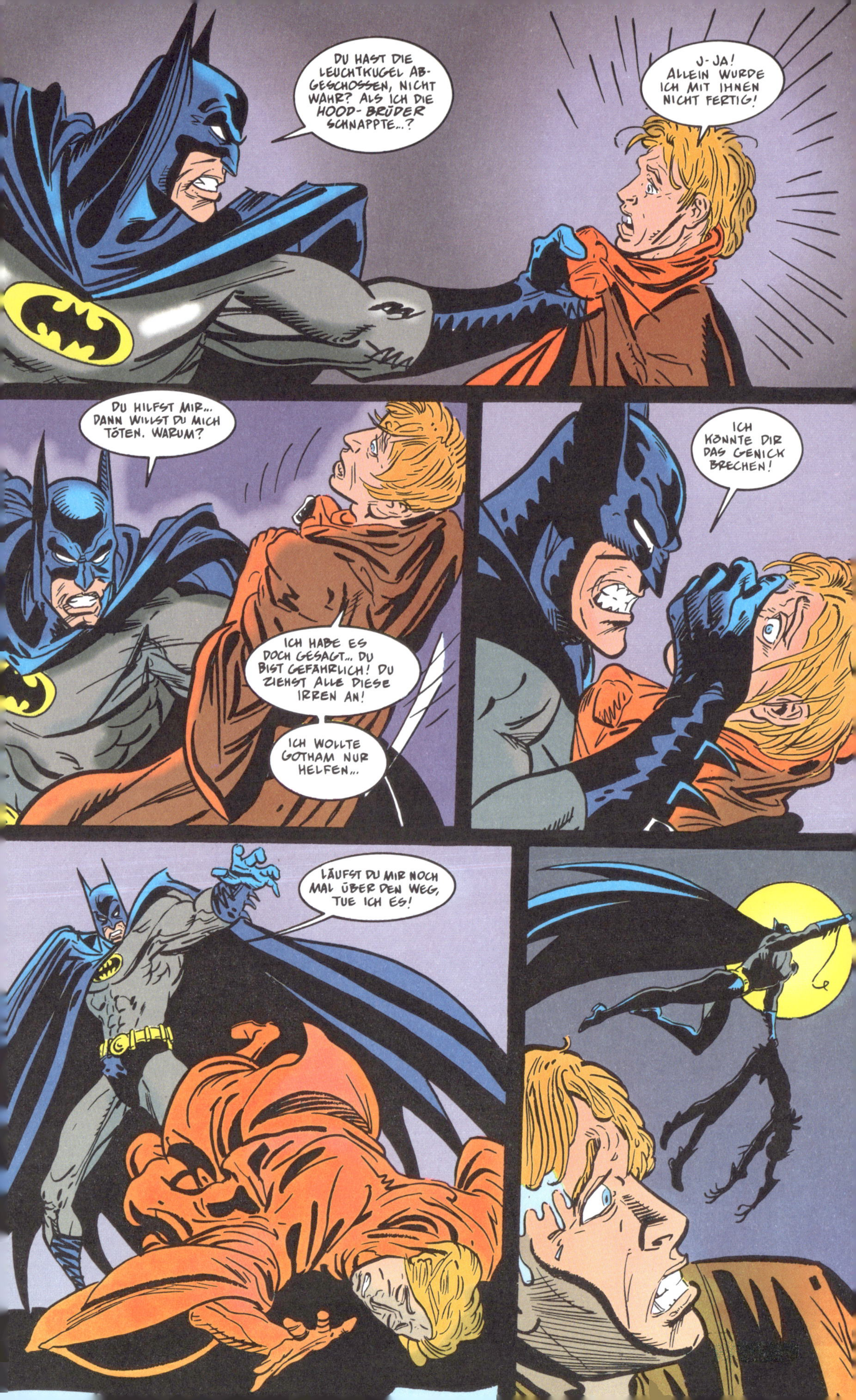
DU HAST DIE LEUCHTKUGEL ABGESCHOSSEN, NICHT WAHR? ALS ICH DIE HOOD-BRÜDER SCHNAPPTE...?
J-JA! ALLEIN WURDE ICH MIT IHNEN NICHT FERTIG!
DU HILFST MIR... DANN WILLST DU MICH TÖTEN. WARUM?
ICH HABE ES DOCH GESAGT... DU BIST GEFÄHRLICH! DU ZIEHST ALLE DIESE IRREN AN!
ICH WOLLTE GOTHAM NUR HELFEN...
ICH KÖNNTE DIR DAS GENICK BRECHEN!
LÄUFST DU MIR NOCH MAL ÜBER DEN WEG, TUE ICH ES!

DOUG MOENCH - JIM APARO - SCOTT HANNA - ADRIENNE ROY - BATMAN wurde geschaffen von BOB KANE
Text Zeichnung Tusche Farben

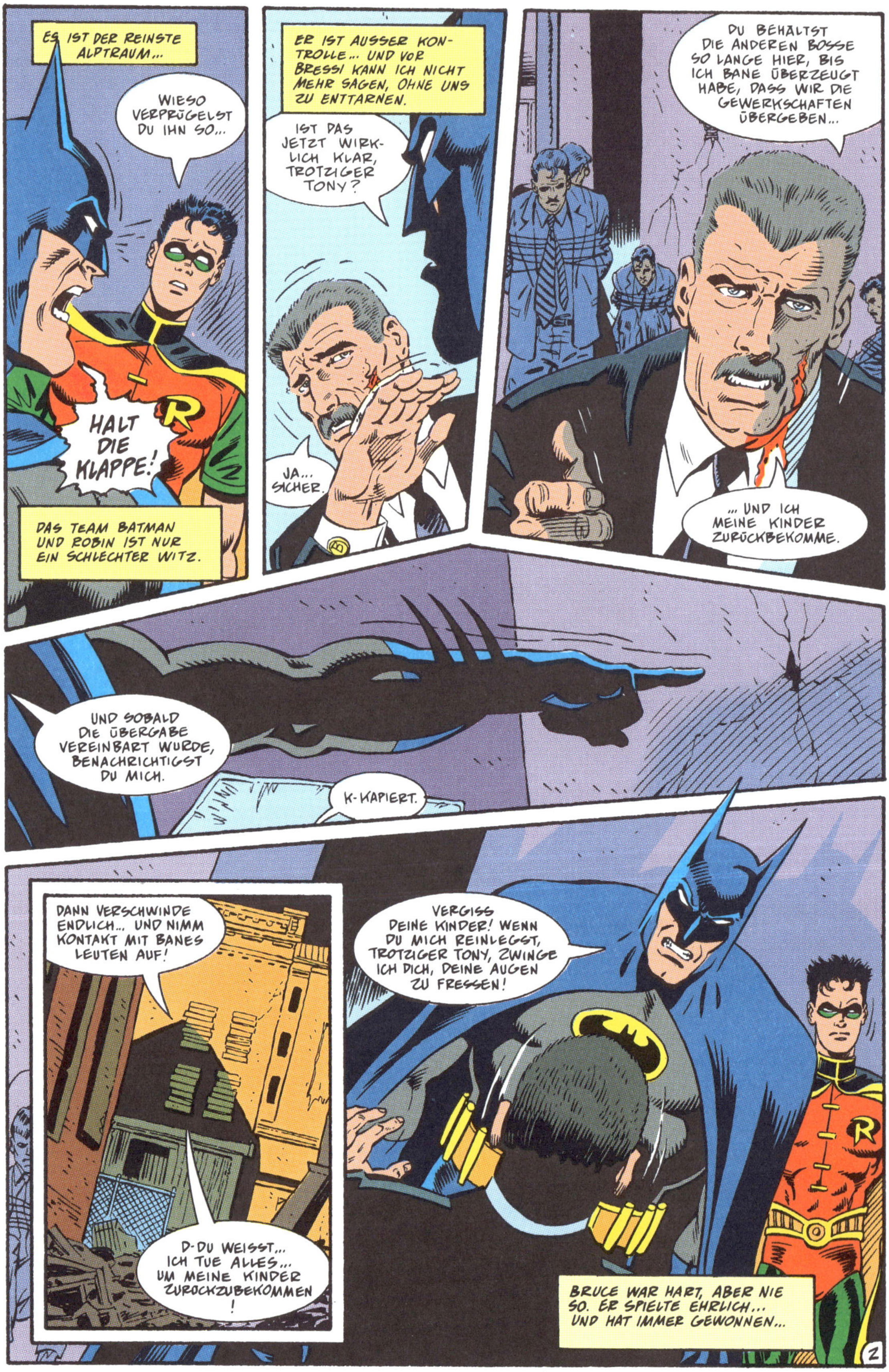

ES IST DER REINSTE ALPTRAUM...
WIESO VERPRÜGELST DU IHN SO...
HALT DIE KLAPPE!
DAS TEAM BATMAN UND ROBIN IST NUR EIN SCHLECHTER WITZ.
ER IST AUSSER KONTROLLE... UND VOR BRESSI KANN ICH NICHT MEHR SAGEN, OHNE UNS ZU ENTTARNEN.
IST DAS JETZT WIRKLICH KLAR, TROTZIGER TONY?
JA... SICHER.
DU BEHALTST DIE ANDEREN BOSSE SO LANGE HIER, BIS ICH BANE ÜBERZEUGT HABE, DASS WIR DIE GEWERKSCHAFTEN ÜBERGEBEN...
... UND ICH MEINE KINDER ZURÜCKBEKOMME.
UND SOBALD DIE ÜBERGABE VEREINBART WURDE, BENACHRICHTIGST DU MICH.
K-KAPIERT.
DANN VERSCHWINDE ENDLICH... UND NIMM KONTAKT MIT BANES LEUTEN AUF!
D-DU WEISST... ICH TUE ALLES... UM MEINE KINDER ZURÜCKZUBEKOMMEN!
VERGISS DEINE KINDER! WENN DU MICH REINLEGST, TROTZIGER TONY, ZWINGE ICH DICH, DEINE AUGEN ZU FRESSEN!
BRUCE WAR HART, ABER NIE SO. ER SPIELTE EHRLICH... UND HAT IMMER GEWONNEN...
2

... BIS BANE KAM.
SIR, SIND SIE SICHER, DASS SIE AUCH...
SHONDRA UND TIMS VATER WURDEN ENTFÜHRT, ALFRED.
NACH ALLEM, WAS ICH DURCHGEMACHT HABE, IST MEHR ALS EIN WEITERER SCHLAG AUF DEN KOPF NÖTIG, UM MICH DAVON ABZUHALTEN, SIE ZU SUCHEN.
ABER WIE, SIR? SIE HABEN DAS BEWUSSTSEIN VERLOREN, BEVOR SIE SICH DAS NUMMERNSCHILD EINPRÄGEN KONNTEN...
DAS WAHRSCHEINLICH SOWIESO GESTOHLEN WAR...
WENN ES EINEN HINWEIS GIBT, DANN IN DIESER MASKE, DIE SIE ZURÜCKGELASSEN HABEN...
ES WIRD NICHT EINFACH WERDEN... ABER WENN ICH DEN STOFF UNTERSUCHE...
... ODER SOGAR DAS BLUT, DAS VON IHM AUFGESOGEN WURDE...
3

UND, SIR?
NEIN... AUCH DIE ANTIKÖRPER HABEN SICH VERMEHRT...
SIEHT AUS WIE... PROTOZOEN...
HATTE DER KIDNAPPER... MALARIA? KAM ER AUS EINEM TROPENGEBIET?
... UND WENN DIESE ANTIKÖRPER DEN ERREGERN MOLEKULARSPEZIFISCH ANGEPASST SIND...
MALARIA, MALARIA...
CHEKKA-TEK TEK
JA... GENAU... SIE IST HIER IM DATENVERZEICHNIS!
ÄH... WAS IST DORT, SIR?
DIE ANTWORT... WIR HABEN GLÜCK!
DIE ABSICHTLICHE HINZUFÜGUNG DER PROTOZOEN IST DIREKT VERANTWORTLICH FÜR DIE ERHÖHTE ANZAHL DER ANTIKÖRPER.
EINE IMMUNITÄT.
ICH... KANN NOCH IMMER NICHT GANZ FOLGEN, SIR...
DER KIDNAPPER IST NICHT AN MALARIA ERKRANKT, ALFRED.
ER WURDE DAGEGEN GEIMPFT.
4

... ZUNEHMENDE ZAHL VON AUGENZEUGENBERICHTEN SCHEINT ZU BESTÄTIGEN, DASS BATMAN IN DER TAT WIEDER AKTIV IST...
ES WURDE JA BEFÜRCHTET, DASS DER DUNKLE RITTER GETÖTET ODER ZUMINDEST VERKRÜPPELT WURDE ... UND ZWAR VON DEM KRIMINELLEN, DER BEKANNT IST ALS...
BANE! HAST DU ZEIT?
WAS IST LOS, BIRD?
WENN WIR UNSEREN GRIFF UM GOTHAM KONSOLIDIEREN WOLLEN...
„KONSOLIDIEREN"?
DU WEISST DOCH, WIE'S IM BAU IST... MANCHMAL NEHMEN KNASTBRÜDER GERN GROSSE WORTE IN DEN MUND.
KONSOLIDIEREN, ALSO DEN GRIFF VERSTÄRKEN...
ICH MEINE NICHT DAS WORT, SONDERN DEN SINN.
GOTHAM GEHÖRT MIR BEREITS... UND GOTHAM IST NUR DER ANFANG.
NA JA, VIELLEICHT AUCH NICHT, UND DESHALB WILL ICH JA MIT DIR SPRECHEN.
JETZT, WO BATMAN WIEDER DA IST UND DRUCK MACHT, VIELLEICHT SOGAR DEN MOB-BOSSEN, DIE DIE GEWERKSCHAFTEN BEHERRSCHEN...
BATMAN?
J-JA...
5

ICH MEINE, TONY BRESSI IST SEIT TAGEN VERSCHW...
BATMAN... IST... NICHT... WIEDER... DA.
ABER, BANE... ER HAT DIE JUNGS IN DER GOTHAM-KUPPEL AUFGEMISCHT... UND ER WEISS VIELLEICHT SOGAR, DASS WIR BRESSIS KINDER ENTFÜHRT HABEN...
NICHT ER.
DAS IST NUR EIN KOSTÜM.
NA SCHÖN... ABER DAS HEISST NICHT, DASS WIR UNS AUF UNSEREN LORBEEREN AUSRU...
ICH HABE DEN ECHTEN BATMAN GEBROCHEN... UND WERDE AUCH DIESEN BETRÜGER ZERSCHMETTERN.
BRIIINNG
GENAU... JA... GUT...
ICH SAG'S IHM.
BRESSI HAT GERADE ANGERUFEN.
DIE GEWERKSCHAFTEN GEHÖREN UNS.
ER WILL SEINE KINDER ZURÜCK.
6

DAS GEFÄLLT MIR NICHT, BANE...
WENN BATMAN IHN UNTER DRUCK SETZT...
ABER WENN DER, DER IN DIESEM KOSTÜM STECKT, BRESSI BENUTZT, UM...
HÖRST DU NICHT, BIRD? BATMAN IST ERLEDIGT.
NIMM DIR ZOMBIE UND TROGG UND FINDE ES HERAUS... WÄHREND DU DIE RÜCKGABE VON BRESSIS KINDERN ARRANGIERST.
... EINE ANSCHEINEND SELTENE FORM NAMENS MALARIA SECORUM.
DANKE.
SIE GEHT DER SACHE NACH, ALFRED.
WENN JEMAND ES HERAUSFINDET... DANN SIE.
ICH DARF ES NICHT ZULASSEN. ICH DARF NICHT DULDEN, DASS ER VON NACHT ZU NACHT SKRUPELLOSER WIRD!
ES LIEGT TEILWEISE AM „SYSTEM"...
... DER HYPNOTISCH IMPLANTIERTEN AUSBILDUNG, MIT DER DER ORDEN VON ST. DUMAS IHN DARAUF VORBEREITET HAT, AZRAEL ZU WERDEN.
FSHSHSH
WIR WISSEN NOCH IMMER NICHT, WIE TIEF DIESE GEHIRNWÄSCHE GEHT...
7

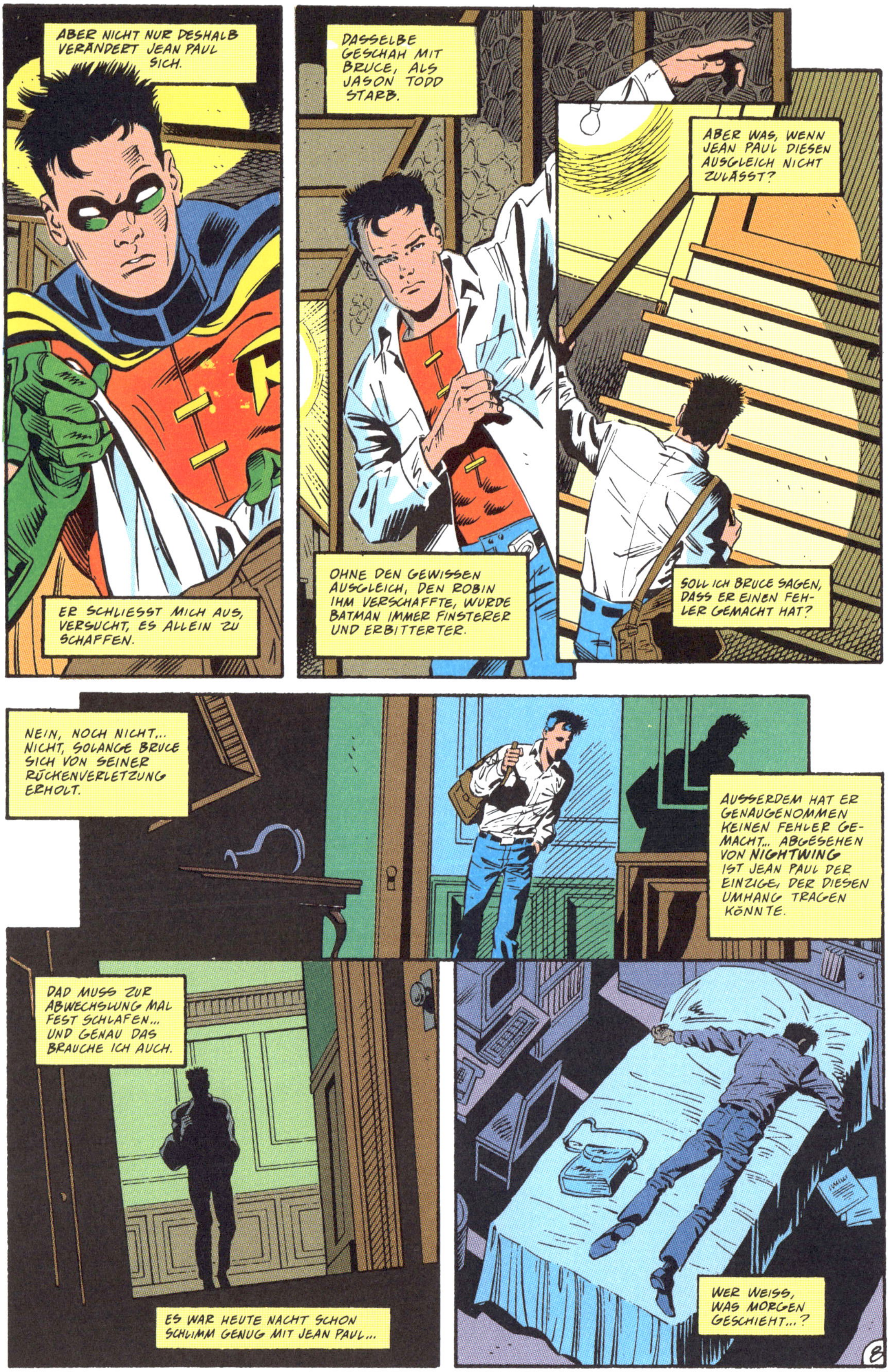
ABER NICHT NUR DESHALB VERÄNDERT JEAN PAUL SICH.
ER SCHLIESST MICH AUS, VERSUCHT, ES ALLEIN ZU SCHAFFEN.
DASSELBE GESCHAH MIT BRUCE, ALS JASON TODD STARB.
OHNE DEN GEWISSEN AUSGLEICH, DEN ROBIN IHM VERSCHAFFTE, WURDE BATMAN IMMER FINSTERER UND ERBITTERTER.
ABER WAS, WENN JEAN PAUL DIESEN AUSGLEICH NICHT ZULÄSST?
SOLL ICH BRUCE SAGEN, DASS ER EINEN FEHLER GEMACHT HAT?
NEIN, NOCH NICHT... NICHT, SOLANGE BRUCE SICH VON SEINER RÜCKENVERLETZUNG ERHOLT.
AUSSERDEM HAT ER GENAUGENOMMEN KEINEN FEHLER GEMACHT... ABGESEHEN VON NIGHTWING IST JEAN PAUL DER EINZIGE, DER DIESEN UMHANG TRAGEN KÖNNTE.
DAD MUSS ZUR ABWECHSLUNG MAL FEST SCHLAFEN... UND GENAU DAS BRAUCHE ICH AUCH.
ES WAR HEUTE NACHT SCHON SCHLIMM GENUG MIT JEAN PAUL...
WER WEISS, WAS MORGEN GESCHIEHT...?
8

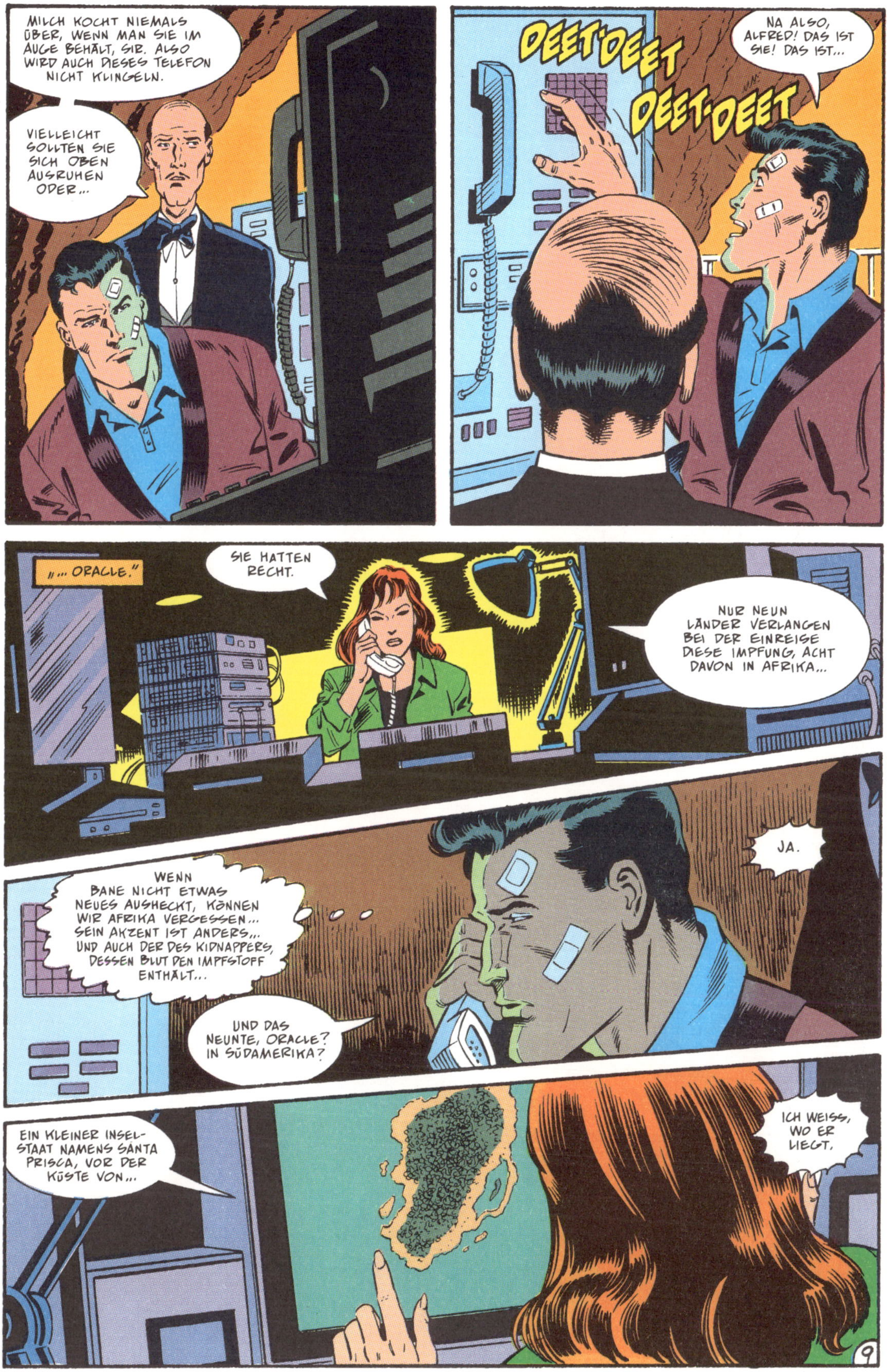
MILCH KOCHT NIEMALS ÜBER, WENN MAN SIE IM AUGE BEHÄLT, SIR. ALSO WIRD AUCH DIESES TELEFON NICHT KLINGELN.
VIELLEICHT SOLLTEN SIE SICH OBEN AUSRUHEN ODER...
DEET-DEET DEET-DEET
NA ALSO, ALFRED! DAS IST SIE! DAS IST...
"...ORACLE."
SIE HATTEN RECHT.
NUR NEUN LÄNDER VERLANGEN BEI DER EINREISE DIESE IMPFUNG, ACHT DAVON IN AFRIKA...
JA.
WENN BANE NICHT ETWAS NEUES AUSHECKT, KÖNNEN WIR AFRIKA VERGESSEN... SEIN AKZENT IST ANDERS... UND AUCH DER DES KIDNAPPERS, DESSEN BLUT DEN IMPFSTOFF ENTHÄLT...
UND DAS NEUNTE, ORACLE? IN SÜDAMERIKA?
EIN KLEINER INSELSTAAT NAMENS SANTA PRISCA, VOR DER KÜSTE VON...
ICH WEISS, WO ER LIEGT.
9

ICH WAR SCHON MAL AUF SANTA PRISCA.
DIE GIFT-CONNECTION... VIELLEICHT GEHT ES UM DROGEN.
DANKE, ORACLE! WIE IMMER WAR IHRE HILFE VON UNSCHÄTZ-BAREM WERT.
HOFFENTLICH TRÄGT DIE INFORMATION DAZU BEI, DASS SIE... GESUND WERDEN.
GESUND? ABER MIT MIR IST ALLES IN ORDNUNG...
DER STUHL IST... SCHWIERIG.
HOFFENTLICH KÖNNEN SIE IHN, IM GEGENSATZ ZU MIR, WIEDER VERLASSEN.
WIEDERHÖREN.
KLIK
SIE WEISS ES, ALFRED.
IN DER TAT, SIR. WAS WEISS DAS ORAKEL NICHT?
SKREEETCH
VRAOWWWWW
10

TUT MIR LEID... WUSSTE NICHT, DASS IHR HIER SEID!
SOLL ICH WIEDER...
SCHON GUT, JEAN PAUL... ALFRED UND ICH WOLLTEN GERADE GEHEN.
DIE HÖHLE GEHÖRT DIR.
UND... ALLES DARIN.
WAS...?
ACH, NICHTS, BRUCE. DAS ALLES IST NUR SO NEU FÜR MICH... SO ÜBER-WÄLTIGEND.
ABER ABGE-SEHEN DAVON IST ALLES IN ORDNUNG? DIE NACHRICHTEN MELDEN EINEN RÜCK-GANG DER VERBRE-CHENSRATE... ALSO FUNKTIONIERT ES.
JA... BISLANG KEINERLEI PROBLEME.
SO MUSS ES AUCH BLEIBEN. HALTE DICH VON BANE FERN... FALLS ER NOCH IN GOTHAM IST.
GLAUBST DU, BANE IST FORT?
UNWAHR-SCHEINLICH, ABER MÖGLICH, JEAN PAUL. ICH VERLASSE GOTHAM, UM ES HERAUSZU-FINDEN.
DU UND ROBIN... IHR HALTET DIE STADT UNTER KONTROLLE.
11

GEHEN WIR, ALFRED.
DER WAYNECORP-JET WARTET AUF UNS... WIR MÜSSEN UNS NUR NOCH IMPFEN LASSEN.
ICH.
NICHT ER.
...GEZEICHNET? DAS SYSTEM HAT MICH WIEDER IN EINE TRANCE VERSETZT...
PLAK
WAS...?
ICH... HABE DAS...
12

HAROLD!
HAROLD...?
DA LIEGT SEIN WERKZEUG... ABER ER IST FORT.
ICH FRAGE MICH... ICH HABE DEN GANZEN TAG ZEIT... WENN DAS SYSTEM ES MIR ERMÖGLICHT, SO ETWAS ZU ENTWERFEN...
... KANN ICH ES VIELLEICHT AUCH... HERSTELLEN?
NA ALSO.
13

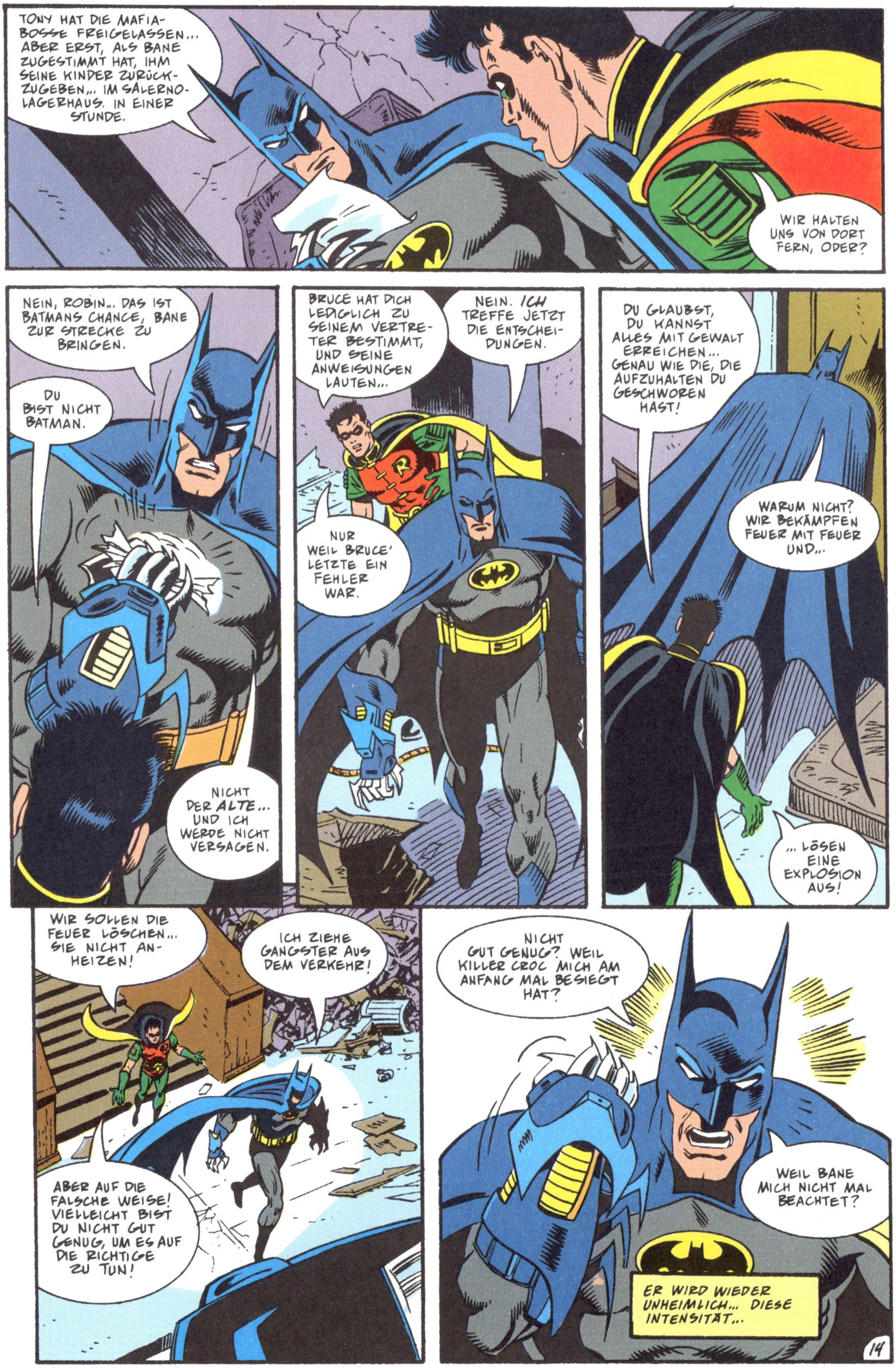
TONY HAT DIE MAFIA-BOSSE FREIGELASSEN... ABER ERST, ALS BANE ZUGESTIMMT HAT, IHM SEINE KINDER ZURÜCKZUGEBEN... IM SALERNO-LAGERHAUS. IN EINER STUNDE.
WIR HALTEN UNS VON DORT FERN, ODER?
NEIN, ROBIN... DAS IST BATMANS CHANCE, BANE ZUR STRECKE ZU BRINGEN.
DU BIST NICHT BATMAN.
NICHT DER ALTE... UND ICH WERDE NICHT VERSAGEN.
BRUCE HAT DICH LEDIGLICH ZU SEINEM VERTRETER BESTIMMT, UND SEINE ANWEISUNGEN LAUTEN...
NEIN. ICH TREFFE JETZT DIE ENTSCHEIDUNGEN.
NUR WEIL BRUCE' LETZTE EIN FEHLER WAR.
DU GLAUBST, DU KANNST ALLES MIT GEWALT ERREICHEN... GENAU WIE DIE, DIE AUFZUHALTEN DU GESCHWOREN HAST!
WARUM NICHT? WIR BEKÄMPFEN FEUER MIT FEUER UND...
... LÖSEN EINE EXPLOSION AUS!
WIR SOLLEN DIE FEUER LÖSCHEN... SIE NICHT ANHEIZEN!
ICH ZIEHE GANGSTER AUS DEM VERKEHR!
ABER AUF DIE FALSCHE WEISE! VIELLEICHT BIST DU NICHT GUT GENUG, UM ES AUF DIE RICHTIGE ZU TUN!
NICHT GUT GENUG? WEIL KILLER CROC MICH AM ANFANG MAL BESIEGT HAT?
WEIL BANE MICH NICHT MAL BEACHTET?
ER WIRD WIEDER UNHEIMLICH... DIESE INTENSITÄT...
14

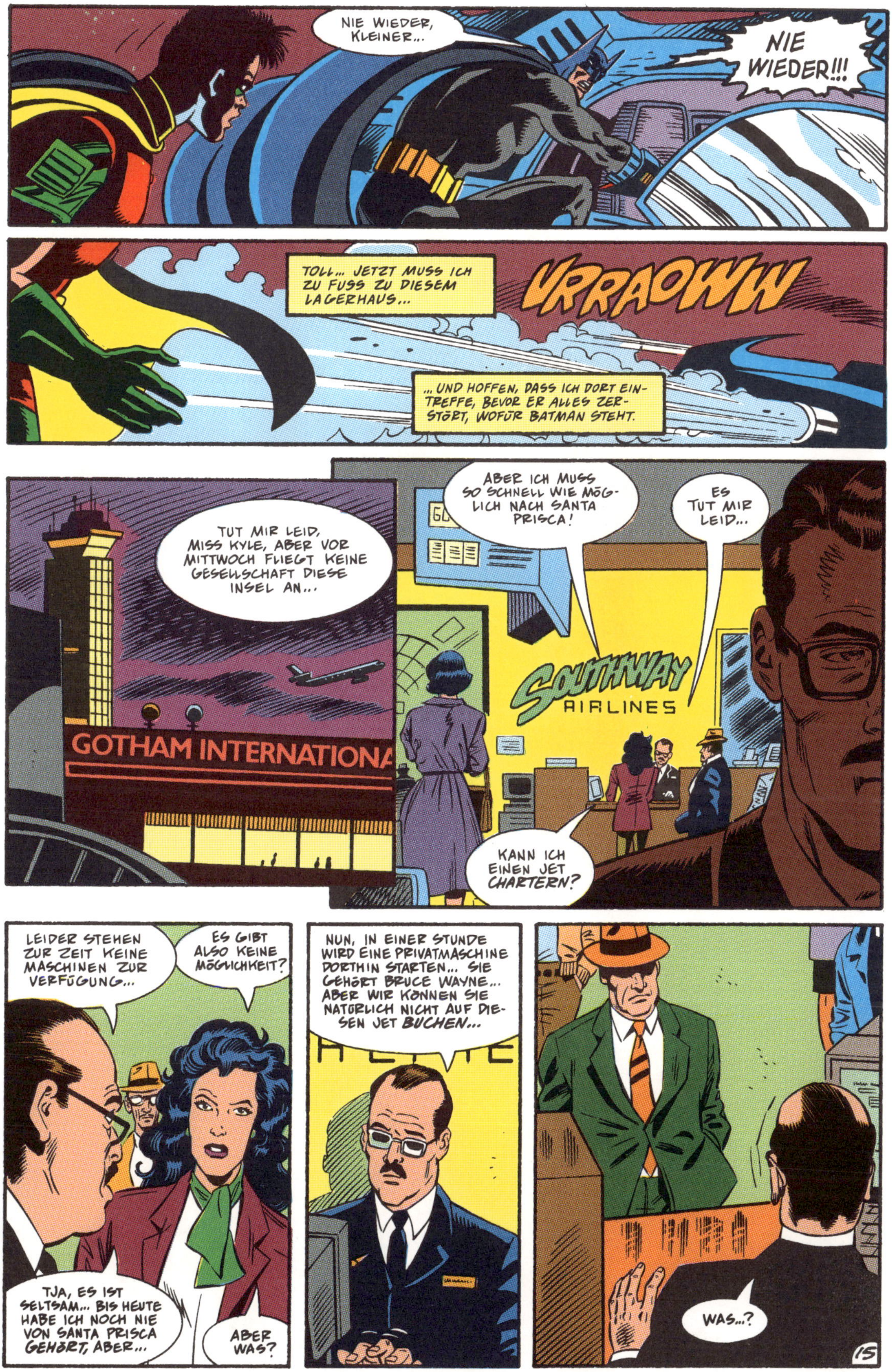

NIE WIEDER, KLEINER...
NIE WIEDER!!!
TOLL... JETZT MUSS ICH ZU FUSS ZU DIESEM LAGERHAUS...
URRAOWW
...UND HOFFEN, DASS ICH DORT EINTREFFE, BEVOR ER ALLES ZERSTÖRT, WOFÜR BATMAN STEHT.
GOTHAM INTERNATIONA
TUT MIR LEID, MISS KYLE, ABER VOR MITTWOCH FLIEGT KEINE GESELLSCHAFT DIESE INSEL AN...
ABER ICH MUSS SO SCHNELL WIE MÖGLICH NACH SANTA PRISCA!
ES TUT MIR LEID...
SOUTHWAY AIRLINES
KANN ICH EINEN JET CHARTERN?
LEIDER STEHEN ZUR ZEIT KEINE MASCHINEN ZUR VERFÜGUNG...
ES GIBT ALSO KEINE MÖGLICHKEIT?
TJA, ES IST SELTSAM... BIS HEUTE HABE ICH NOCH NIE VON SANTA PRISCA GEHÖRT, ABER...
ABER WAS?
NUN, IN EINER STUNDE WIRD EINE PRIVATMASCHINE DORTHIN STARTEN... SIE GEHÖRT BRUCE WAYNE... ABER WIR KÖNNEN SIE NATÜRLICH NICHT AUF DIESEN JET BUCHEN...
WAS...?
15

WAYNE CORP.
DIE CHECKS SIND FAST ABGESCHLOSSEN, SIR, UND WIR HABEN VOM TOWER DIE FREIGABE FÜR...
MR. WAYNE...?
GROSSER GOTT, WER SIND SIE? UND WIE KOMMEN SIE...
ICH BIN SELINA KYLE, MR. WAYNE... WIR HABEN UNS BEI EINER WOHLTÄTIGKEITSVERANSTALTUNG KENNENGELERNT. UND ICH MUSS UNBEDINGT NACH SANTA PRISCA...
ES TUT MIR LEID, MISS KYLE, ABER WIR DÜRFEN MIT DIESER PRIVATMASCHINE KEINE PASSAGIERE BEFÖRDERN. WÜRDEN SIE ALSO...
BITTE, MR. WAYNE, ICH GEBE IHNEN AUCH...
ICH MUSS LEIDER DARAUF BESTEHEN, MA'AM.
AUF DIESER MASCHINE HILFT GELD IHNEN NICHT WEITER.
ICH HATTE NICHT UNBEDINGT GELD GEMEINT, MR. WAYNE...
ICH GLAUBE, WIR SIND STARTBEREIT, ALFRED.
WÜRDEN SIE MISS KYLE BITTE VON BORD BRINGEN...?
JA, SIR.
VIEL GLÜCK BEI IHRER SUCHE, MA'AM!
DANKE.
ABER ICH VERLASSE MICH NIE AUF GLÜCK.
16

HIER SIND DEINE KINDER, BRESSI...
UND ICH HOFFE UM DEINETWILLEN, DASS DU ALLEIN GEKOMMEN BIST.
NATÜRLICH! HALTEN SIE MICH ETWA FÜR SO VERRÜCKT, DASS ICH...
WO IST BANE?
BRAM
BRAM
BRAKAKAKAK
DA OBEN! KNALLT IHN AB!
NEIN! NOCH NICHT! DIE KINDER SIND NOCH NICHT AUSSER GEFAHR!
WOKK
ER HÖRT MICH NICHT MAL.
SHREKKKKKK
BRAM BRAM
ER IST EIN DÄMON... VERSESSEN AUF SCHOCK UND SCHMERZ...
17

...UND ICH HABE BEI SEINER AUSBILDUNG GEHOLFEN?
BRAM
SHUMP
ER IST MIR JETZT WEIT VORAUS...
SHING
SHING
SHING
... UND NIMMT KEINE RÜCKSICHT MEHR.
AHRRR!
CHK
CHK
CHK
DIE DREI SCHLÄGER HABEN KEINE CHANCE...
...NICHT MAL MIT IHREM RAUBVOGEL.
SKREEEEE
SHKRIKT
NICHT MAL, WENN SIE DREISSIG MANN VERSTÄRKUNG HÄTTEN.
SHOKT
18

KRATCH
SHRUKT
WO IST BANE?
SIEHST DU NICHT, DASS ER OHNMÄCHTIG IST?
DU HAST ALLE DREI GNADENLOS ZUSAMMENGESCHLAGEN! MIT ETWAS GLÜCK WACHEN SIE NÄCHSTE WOCHE WIEDER AUF!
UND WAS SOLLTE DER ÜBERSTÜRZTE ANGRIFF? DIESE KINDER...
... WAREN NIE IN GEFAHR, ROBIN. ICH HABE DICH GESEHEN, BEVOR ICH ZUSCHLUG... ICH ZOG DIE AUFMERKSAMKEIT AUF MICH, DAMIT DU ZU IHNEN KONNTEST.
DANN... HAST DU DICH AUF MICH VERLASSEN...?
DU HAST DICH BESCHWERT, DEIN EHEMALIGER PARTNER HÄTTE DIR NICHT GENUG VERANTWORTUNG GEGEBEN.
WIRST DU JETZT DAMIT FERTIG?
NATÜRLICH, ABER...
KEIN ABER, ROBIN. WIR HABEN EIN NEUES SPIEL BEGONNEN... MIT VÖLLIG NEUEN REGELN.
19

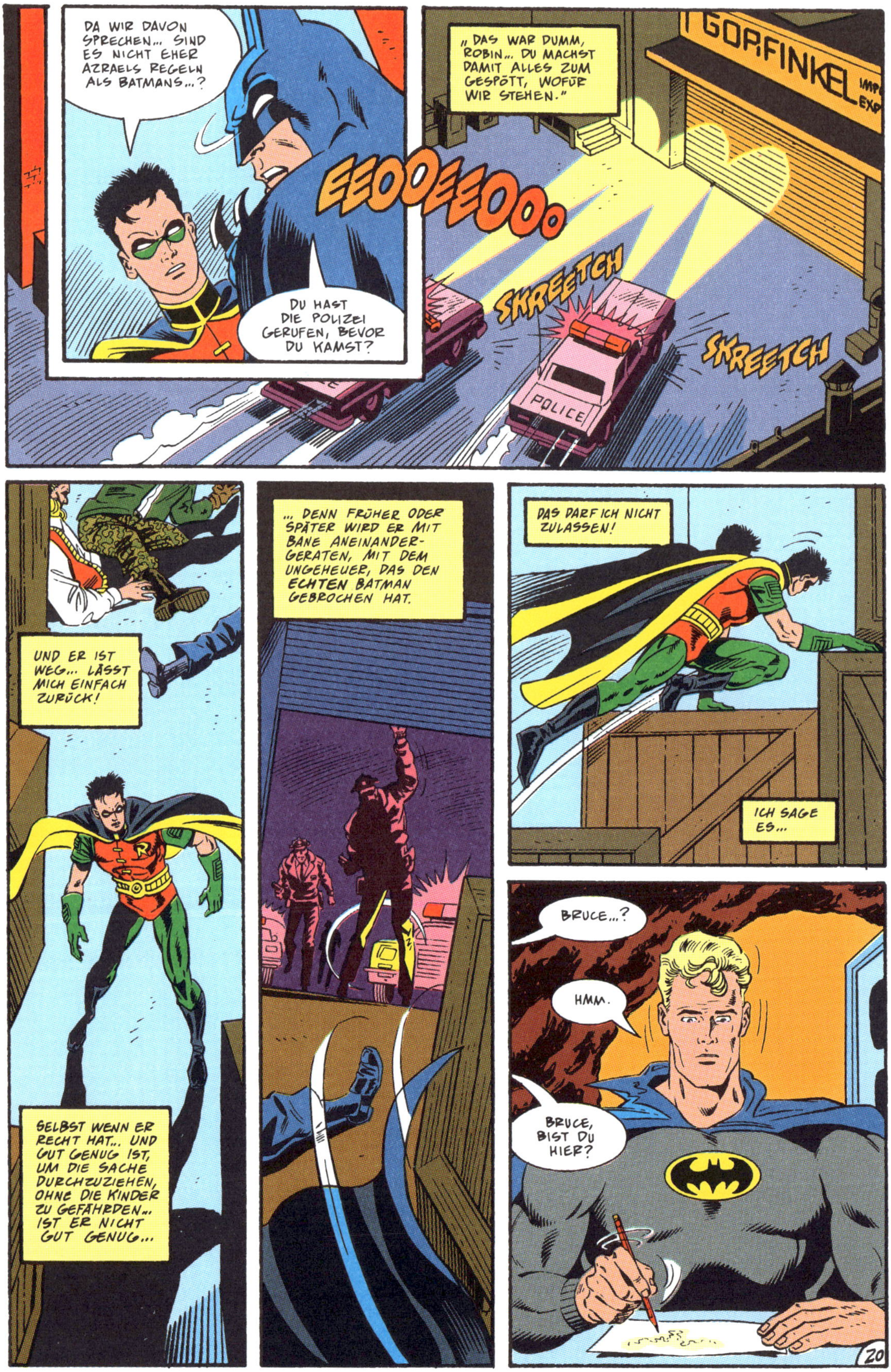
DA WIR DAVON SPRECHEN... SIND ES NICHT EHER AZRAELS REGELN ALS BATMANS...?
DU HAST DIE POLIZEI GERUFEN, BEVOR DU KAMST?
„DAS WAR DUMM, ROBIN... DU MACHST DAMIT ALLES ZUM GESPÖTT, WOFÜR WIR STEHEN."
GORFINKEL
EEOOEEOOo
SKREETCH
SKREETCH
POLICE
UND ER IST WEG... LÄSST MICH EINFACH ZURÜCK!
SELBST WENN ER RECHT HAT... UND GUT GENUG IST, UM DIE SACHE DURCHZUZIEHEN, OHNE DIE KINDER ZU GEFÄHRDEN... IST ER NICHT GUT GENUG...
... DENN FRÜHER ODER SPÄTER WIRD ER MIT BANE ANEINANDERGERATEN, MIT DEM UNGEHEUER, DAS DEN ECHTEN BATMAN GEBROCHEN HAT.
DAS DARF ICH NICHT ZULASSEN!
ICH SAGE ES...
BRUCE...?
HMM.
BRUCE, BIST DU HIER?
20

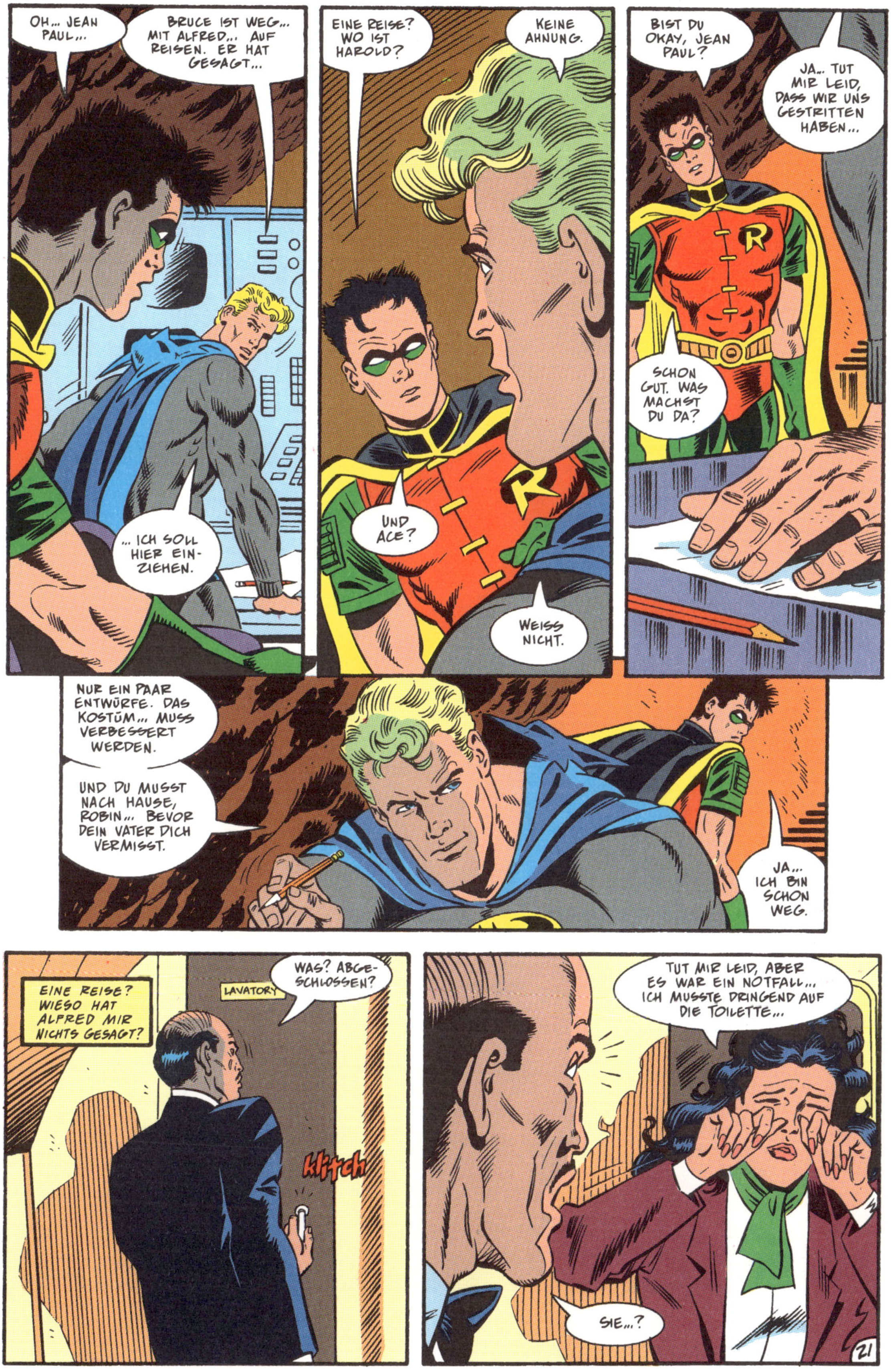

OH... JEAN PAUL...
BRUCE IST WEG... MIT ALFRED... AUF REISEN. ER HAT GESAGT...
... ICH SOLL HIER EINZIEHEN.
EINE REISE? WO IST HAROLD?
KEINE AHNUNG.
UND ACE?
WEISS NICHT.
BIST DU OKAY, JEAN PAUL?
JA... TUT MIR LEID, DASS WIR UNS GESTRITTEN HABEN...
SCHON GUT. WAS MACHST DU DA?
NUR EIN PAAR ENTWÜRFE. DAS KOSTÜM... MUSS VERBESSERT WERDEN.
UND DU MUSST NACH HAUSE, ROBIN... BEVOR DEIN VATER DICH VERMISST.
JA... ICH BIN SCHON WEG.
EINE REISE? WIESO HAT ALFRED MIR NICHTS GESAGT?
LAVATORY
WAS? ABGESCHLOSSEN?
klitch
TUT MIR LEID, ABER ES WAR EIN NOTFALL... ICH MUSSTE DRINGEND AUF DIE TOILETTE...
SIE...?
21

UND DA BIN ICH WOHL EINGE-SCHLAFEN...
DU MEINE GÜTE... SIND WIR SCHON UNTER-WEGS?
DAD...?
ICH BIN'S, TIM. BIST DU WACH?
DAD?
Timothy, hab Vertrauen, Junge. Wir werden ihn finden. Kümmere Dich um Jean Paul. Alfred

Der TEUFEL, den man kennt
PAF
DIE STADT IST NOCH NEU FÜR IHN.
ER WIRD IHRE GEHEIMNISSE BALD ERFAHREN.
EIN ANDERER DSCHUNGEL.
DIESELBEN REGELN.
CHUCK DIXON · Text
GRAHAM NOLAN · Zeichnung
SCOTT HANNA · Tusche
ADRIENNE ROY · Farben
BATMAN wurde geschaffen von BOB KANE

ER TRÄGT DEN UMHANG DER FLEDERMAUS.
SOLL GOTHAM IHM GEHÖ-REN, MUSS BANE FALLEN.
ABER NOCH HERRSCHT HIER BANE.
NOCH.
WENN ER DAS MONSTER FINDET, GEHÖRT ALLES IHM.
DIE NACHT, DIE STADT UND ALLES DARIN.
DOCH ZUERST MUSS ER BANE FINDEN.
COMMISSIONER
DETEKTIVARBEIT LANGWEILT IHN.
2

COMMISSIONER...
ICH HABE DICH ERWARTET. DU WARST IN DEN LETZTEN NÄCHTEN SEHR AKTIV.
MEINE DETECTIVES RÄUMEN HINTER DIR AUF.
DESHALB BIN ICH HIER. WAS HAST DU VON BANES LEUTEN ERFAHREN?
HABEN SIE GEREDET?
BULLOCK UND KITCH BEARBEITEN SIE JETZT SEIT FAST VIERUNDZWANZIG STUNDEN.
SIE KOMMEN NICHT WEITER. ICH GLAUBE NICHT, DASS SIE BANE VERPFEIFEN WERDEN. SO EINE LOYALITÄT UNTER GANGSTERN HABE ICH NOCH NIE GESEHEN.
WO HÄLTST DU SIE FEST?
IM REVIER AN DER GIRARD STREET. ABER NICHT MEHR LANGE. DAS FBI SITZT MIR IM NACKEN. SIE WOLLEN SIE EBENFALLS VERHÖREN.
UND DER GOUVERNEUR WILL SIE SOFORT GETRENNT IN HOCHSICHERHEITSGEFÄNGNISSEN UNTERBRINGEN. NICHT, DASS ICH ES IHM...
...VERDENKE.
MEIN GOTT!
3

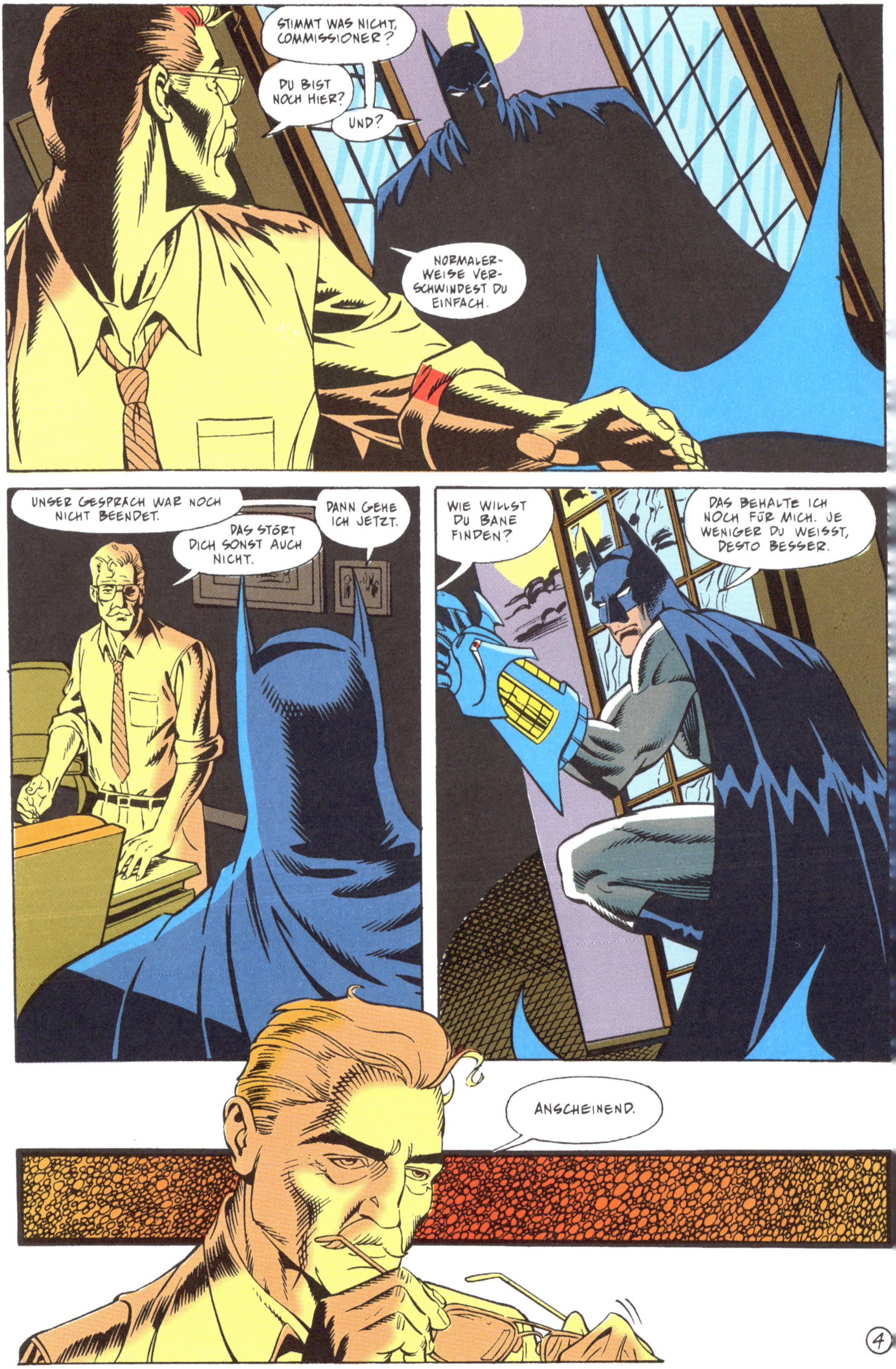
STIMMT WAS NICHT, COMMISSIONER?
DU BIST NOCH HIER?
UND?
NORMALERWEISE VERSCHWINDEST DU EINFACH.
UNSER GESPRÄCH WAR NOCH NICHT BEENDET.
DAS STÖRT DICH SONST AUCH NICHT.
DANN GEHE ICH JETZT.
WIE WILLST DU BANE FINDEN?
DAS BEHALTE ICH NOCH FÜR MICH. JE WENIGER DU WEISST, DESTO BESSER.
ANSCHEINEND.
4

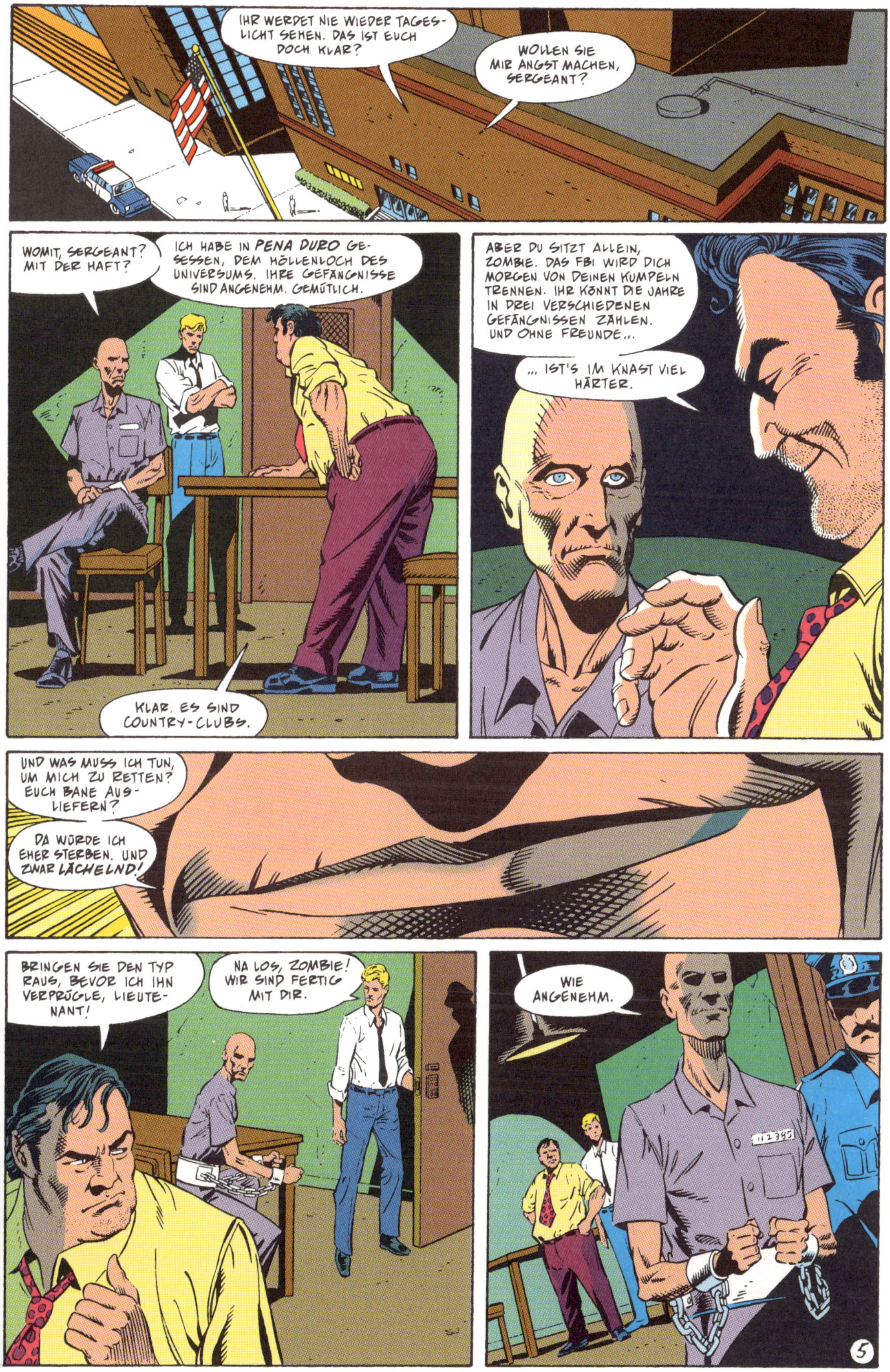
IHR WERDET NIE WIEDER TAGESLICHT SEHEN. DAS IST EUCH DOCH KLAR?
WOLLEN SIE MIR ANGST MACHEN, SERGEANT?
WOMIT, SERGEANT? MIT DER HAFT?
ICH HABE IN PENA DURO GESESSEN, DEM HÖLLENLOCH DES UNIVERSUMS. IHRE GEFÄNGNISSE SIND ANGENEHM. GEMÜTLICH.
KLAR. ES SIND COUNTRY-CLUBS.
ABER DU SITZT ALLEIN, ZOMBIE. DAS FBI WIRD DICH MORGEN VON DEINEN KUMPELN TRENNEN. IHR KÖNNT DIE JAHRE IN DREI VERSCHIEDENEN GEFÄNGNISSEN ZÄHLEN. UND OHNE FREUNDE...
... IST'S IM KNAST VIEL HÄRTER.
UND WAS MUSS ICH TUN, UM MICH ZU RETTEN? EUCH BANE AUSLIEFERN?
DA WÜRDE ICH EHER STERBEN. UND ZWAR LÄCHELND!
BRINGEN SIE DEN TYP RAUS, BEVOR ICH IHN VERPRÜGLE, LIEUTENANT!
NA LOS, ZOMBIE! WIR SIND FERTIG MIT DIR.
WIE ANGENEHM.
5

NICHT ZU FASSEN! DIESE BURSCHEN SIND KNALLHART. WIR HABEN NICHT DIE GERINGSTE AHNUNG, WO BANE SICH VERSTECKT ODER WAS IN DER STADT VORGEHT.
WIR HABEN SEINE GANG. IHN KRIEGEN WIR AUCH, BULLOCK.
JA, UND AUCH FRIEDEN, GLÜCK UND HARMONIE. WOLLEN SIE BEIM MISS-AMERIKA-WETTBEWERB MITMACHEN, KITCH?
WIR KRIEGEN DIESEN BANE NUR AUF EINE WEISE...
„UND DIE HAT NICHTS MIT REGELN UND VORSCHRIFTEN ZU TUN."
TRETEN SIE AUF DIE ANDERE SEITE DER GELBEN LINIE.
VERSTANDEN?
ABER JA.
WAS HAST DU IHNEN GESAGT, ZOMBIE?
MACH DICH NICHT LÄCHERLICH. NICHTS.
OB BANE UNS BEFREIEN WIRD?
DAS HÄNGT ALLEIN VON BANE AB, TROGG!
6

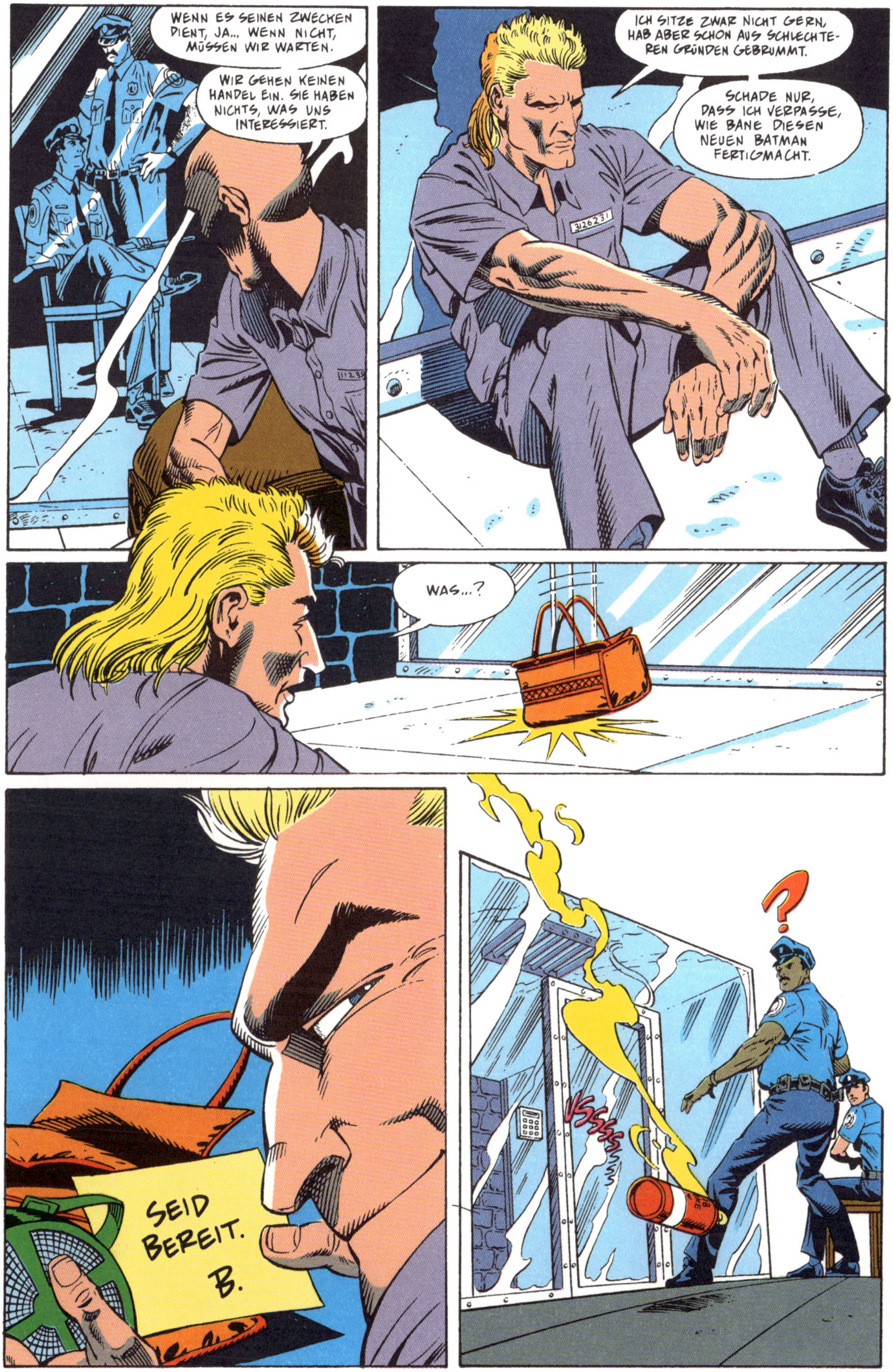
WENN ES SEINEN ZWECKEN DIENT, JA... WENN NICHT, MÜSSEN WIR WARTEN.
WIR GEHEN KEINEN HANDEL EIN. SIE HABEN NICHTS, WAS UNS INTERESSIERT.
ICH SITZE ZWAR NICHT GERN, HAB ABER SCHON AUS SCHLECHTEREN GRÜNDEN GEBRUMMT.
SCHADE NUR, DASS ICH VERPASSE, WIE BANE DIESEN NEUEN BATMAN FERTIGMACHT.
WAS...?
SEID BEREIT. B.
ISSSSS

HE!
HUST! HUST!
DIESE SCHLÖSSER SIND EIN KINDERSPIEL! WIR SIND IN EINER MINUTE RAUS, JUNGS.
WIE SOLLEN WIR AUS DEM GEBÄUDE KOMMEN?
HAB VERTRAUEN, TROGG!
BANE WIRD DARAN GEDACHT HABEN.
NA ALSO.
8

OHNE DEINEN VATER IST ES STILL HIER, TIM.
JA, MRS. McILVAINE.
ER HAT GAR NICHTS MITGENOMMEN UND MIR NICHT MAL BESCHEID GESAGT.
TJA, DR. KINSOLVING HAT IHRE BEZIEHUNGEN SPIELEN LASSEN UND EINEN PLATZ IN DER KLINIK IN WARM SPRINGS FÜR IHN BEKOMMEN.
ABER ER MUSSTE SOFORT HIN... SONST HÄTTE ER BIS DEZEMBER WARTEN MÜSSEN. UND ER BRAUCHT DIE THERAPIE DRINGEND.
ALLERDINGS! ABER KOMISCH IST ES DOCH... ALS ICH VOM EINKAUFEN ZURÜCKKAM, WAR ER WEG.
BRAUCHST DU SONST NOCH ETWAS, TIMOTHY?
AH... HAT BRUCE SCHON ANGERUFEN? ICH HATTE GEHOFFT, ER WÜRDE SICH MELDEN.
NEIN. KEIN WORT VON MR. WAYNE.
NA JA... SCHADE.
9

DAD VERSCHWINDET UNTER GEHEIMNISVOLLEN UMSTÄNDEN. BRUCE UND ALFRED SUCHEN NACH IHM UND LASSEN MIR NUR EINEN ZETTEL DA.
DAS SIGNAL GILT EINEM ANDEREN BATMAN.
UND PAUL HAT MIR KLARGEMACHT, DASS ER KEINEN PARTNER BRAUCHT.
TJA... ABER ER HAT MIR DEN JOB NICHT GEGEBEN.
„UND NUR EINER KANN IHN MIR WIEDER NEHMEN."
ICH HAB JA GLEICH GESAGT, DASS DIESE TYPEN IN DEN HOCHSICHERHEITSTRAKT VON BLACKGATE MÜSSEN!
JETZT SIND BANE UND SEINE KUMPEL SCHON NACH RIO UNTERWEGS UND LACHEN SICH ÜBER GOTHAMS POLIZEI KAPUTT!
DA LIEGEN SIE FALSCH, HARV. BANE HAT DIE UNTERWELT DIESER STADT FEST IM GRIFF.
10

„UND SOLANGE ER LEBT, LÄSST ER SIE FREIWILLIG NICHT MEHR LOS."
SEHR RAFFINIERT GEMACHT, BANE!
ICH WUSSTE, DU LÄSST UNS NICHT IM STICH, JEFE.
ICH HABE NICHT DIE GERINGSTE AHNUNG, WOVON IHR SPRECHT.
UNSERE FLUCHT, BANE. SIE WAR BRILLANT GEPLANT.
ALLERDINGS NICHT VON MIR.
ABER DER ZETTEL... DIE GASMASKEN... DIE DIETRICHE...
DANN WURDEN WIR BENUTZT?
WER SOLLTE UNS BEFREIEN?
AUF DEM ZETTEL STEHT „B".
IDIOTEN.
11

NUR EINE KLEINE SPRENGLADUNG AM FENSTER.
BA-BOOM
EIN BLITZ UND EIN KNALL.
ER WILL SIE ÜBERRASCHEN UND VERWIRREN.
FEINHEITEN SIND ÜBERFLÜSSIG.
DAS IST KRIEG.
12

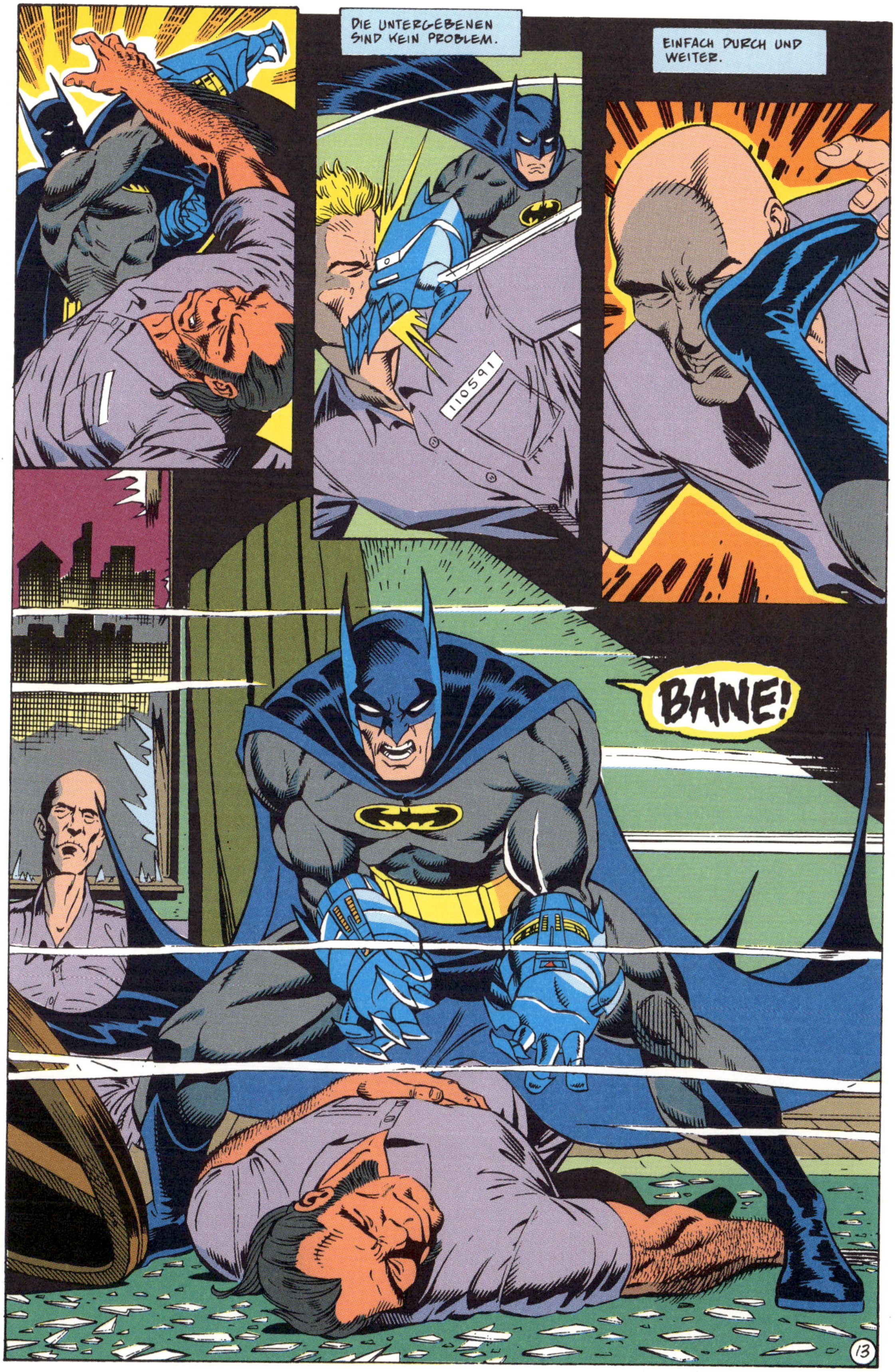
DIE UNTERGEBENEN SIND KEIN PROBLEM.
110591
EINFACH DURCH UND WEITER.
BANE!
13

DU!
DER SCHWINDLER!
ICH BIN KEIN SCHWINDLER, BANE.
ICH BIN BATMAN. DER EINZIGE, DEN ES FÜR DICH GIBT.
UNNH!
DU BIST NICHTS!
ICH VERNICHTE DICH GENAUSO LEICHT WIE BRUCE WAYNE!
LEICHTER!
14

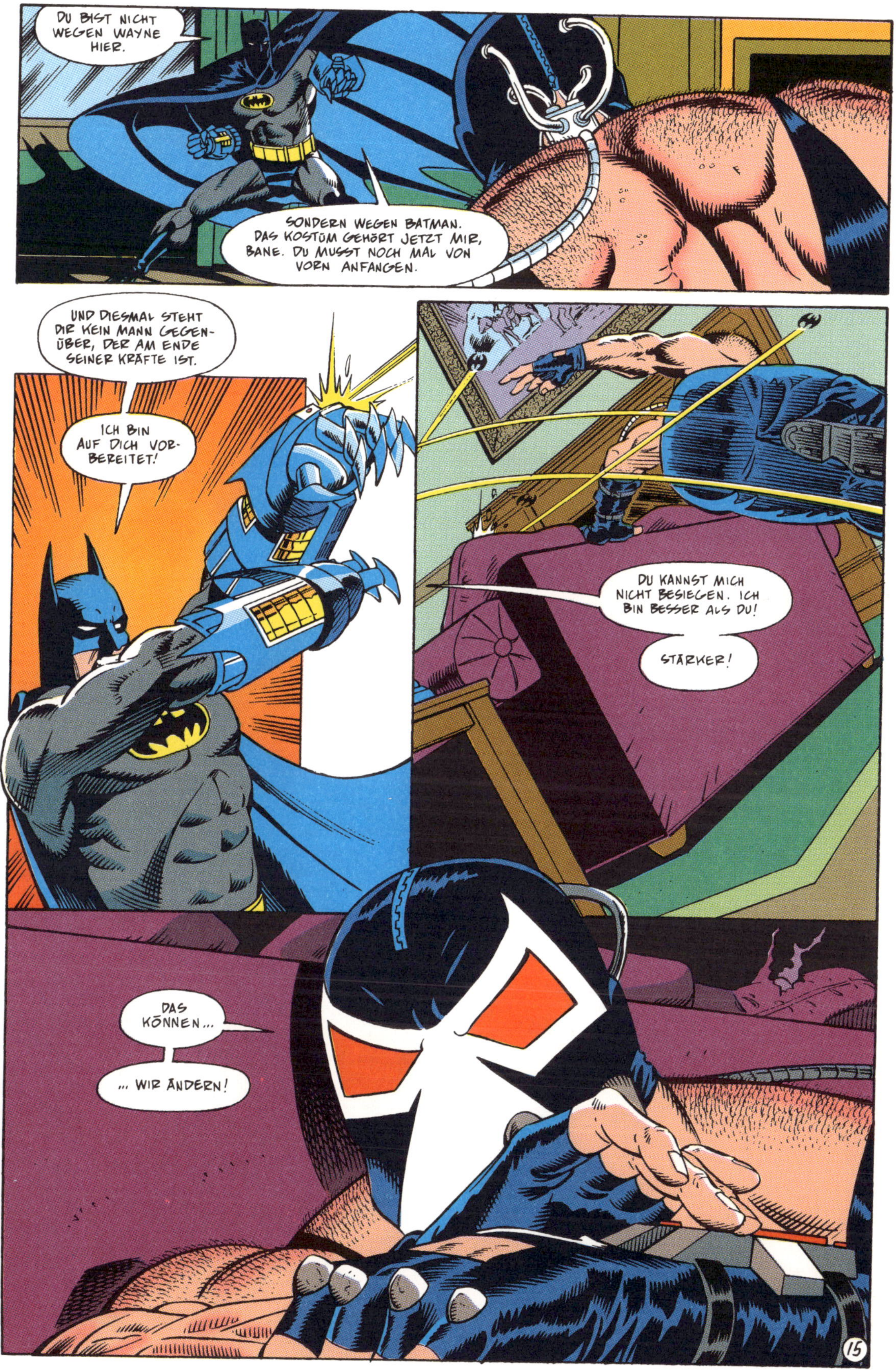

DU BIST NICHT WEGEN WAYNE HIER.
SONDERN WEGEN BATMAN. DAS KOSTÜM GEHÖRT JETZT MIR, BANE. DU MUSST NOCH MAL VON VORN ANFANGEN.
UND DIESMAL STEHT DIR KEIN MANN GEGENÜBER, DER AM ENDE SEINER KRÄFTE IST.
ICH BIN AUF DICH VORBEREITET!
DU KANNST MICH NICHT BESIEGEN. ICH BIN BESSER ALS DU!
STÄRKER!
DAS KÖNNEN...
... WIR ÄNDERN!
15

JETZT IST ER AUF GIFT. DIE DROGE FLIESST WIE FEUER DURCH SEINE ADERN.
SHRKKT
ICH WERDE DICH ZERQUETSCHEN UND BATMAN ENDGÜLTIG LOS SEIN!
DANN GEHÖRT GOTHAM MIR!
DIE GEFAHR IST GRÖSSER. DAS RISIKO IST HÖHER.
UND DIESMAL TÖTE ICH DICH!
DAS MONSTER IST AUF DER HÖHE SEINER MACHT.
ICH WERDE DEINEN TOD ZUM DENKMAL MACHEN!
ER HÄTTE DIE ANDEREN IGNORIEREN UND BANE SOFORT ERLEDIGEN SOLLEN!
UND DIR WIRD NIEMAND MEHR FOLGEN! DEIN KOSTÜM WIRD EIN LEICHENTUCH SEIN!
16

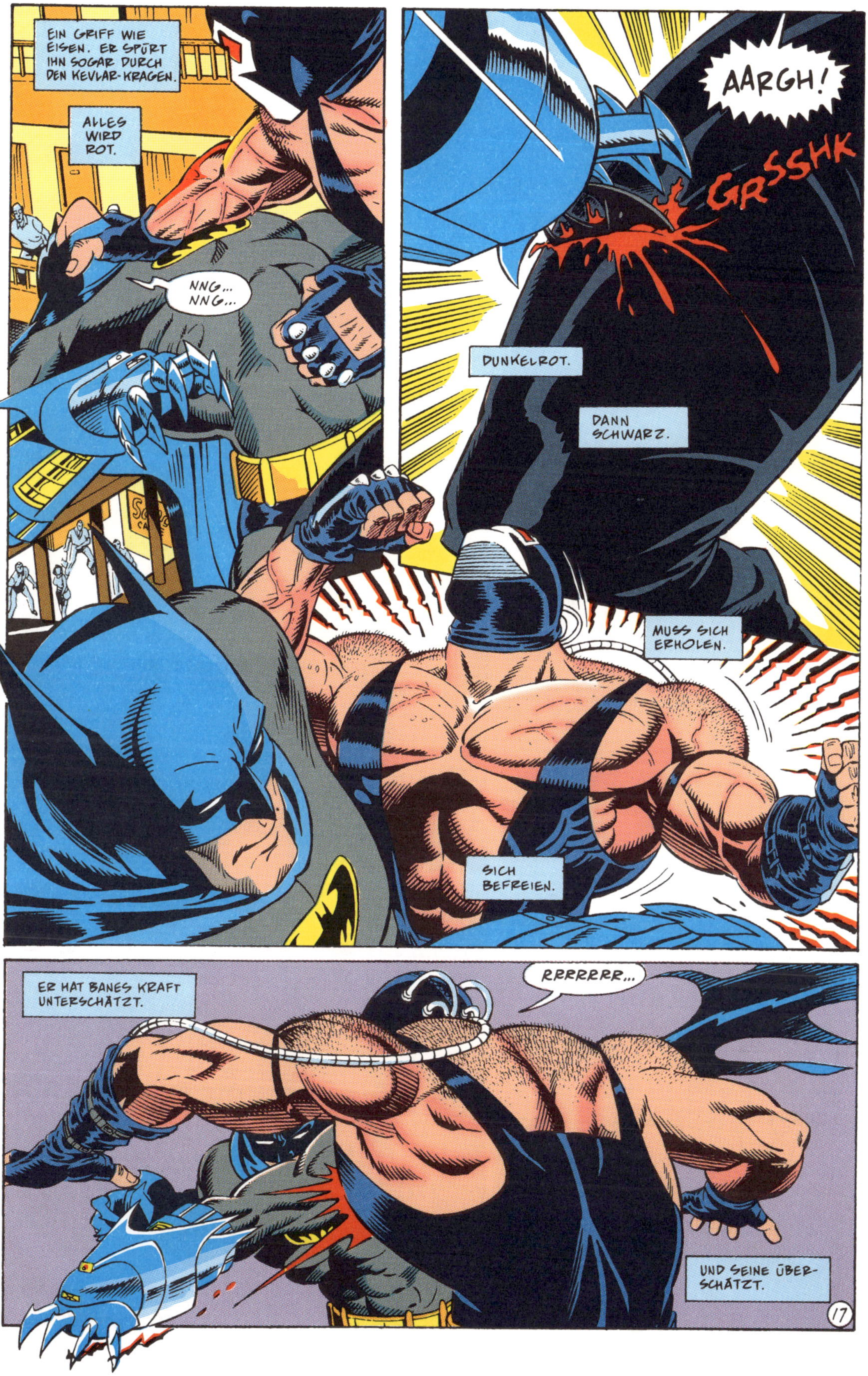
EIN GRIFF WIE EISEN. ER SPÜRT IHN SOGAR DURCH DEN KEVLAR-KRAGEN.
ALLES WIRD ROT.
NNG... NNG...
AARGH!
GRSSHK
DUNKELROT.
DANN SCHWARZ.
MUSS SICH ERHOLEN.
SICH BEFREIEN.
ER HAT BANES KRAFT UNTERSCHÄTZT.
RRRRRRR...
UND SEINE ÜBERSCHÄTZT.
17

ANIMALE!
PLOK!
18

WAS IST LOS, BANE?
WIESO BIST DU VON BATMAN SO BESESSEN? HAST DU ANGST VOR MIR?
COMICS R US.
BOUTIQUE
WIE ICH ES SEHE, GEHT ES NICHT UM RACHE. DU BIST NEU IN GOTHAM. DU HAST WEDER WAYNE NOCH BATMAN GEKANNT.
ABER DU WOLLTEST GERADE IHN BESIEGEN.
WARUM?
WAYNE GENÜGTE DAS WISSEN, DASS ICH SEIN FEIND WAR.
ABER DU BIST NEUGIERIG, WAS?
STELL DEINE FRAGEN IN DER HÖLLE!
19

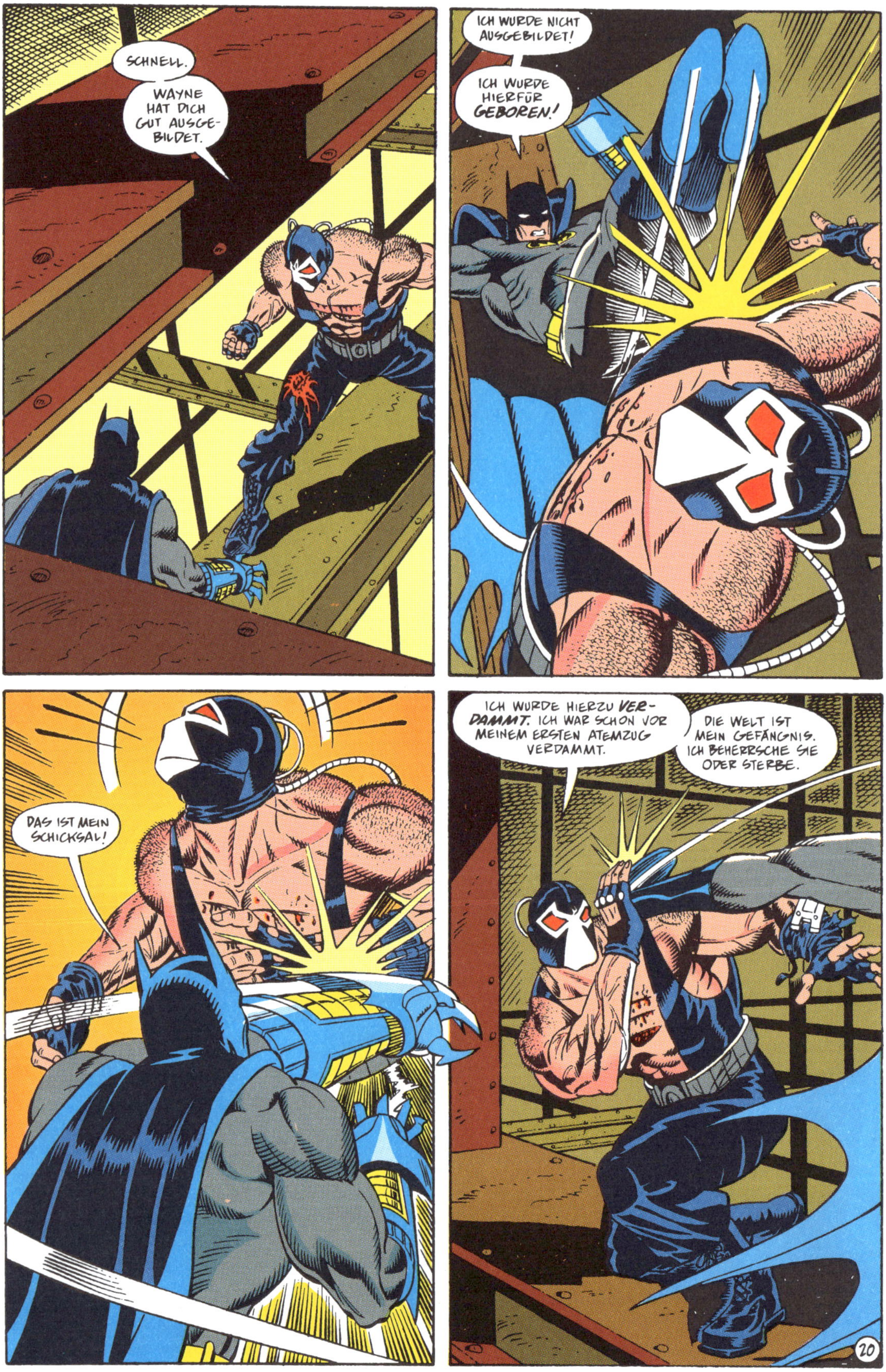

SCHNELL.
WAYNE HAT DICH GUT AUSGEBILDET.
ICH WURDE NICHT AUSGEBILDET!
ICH WURDE HIERFÜR GEBOREN!
DAS IST MEIN SCHICKSAL!
ICH WURDE HIERZU VERDAMMT. ICH WAR SCHON VOR MEINEM ERSTEN ATEMZUG VERDAMMT.
DIE WELT IST MEIN GEFÄNGNIS. ICH BEHERRSCHE SIE ODER STERBE.
20

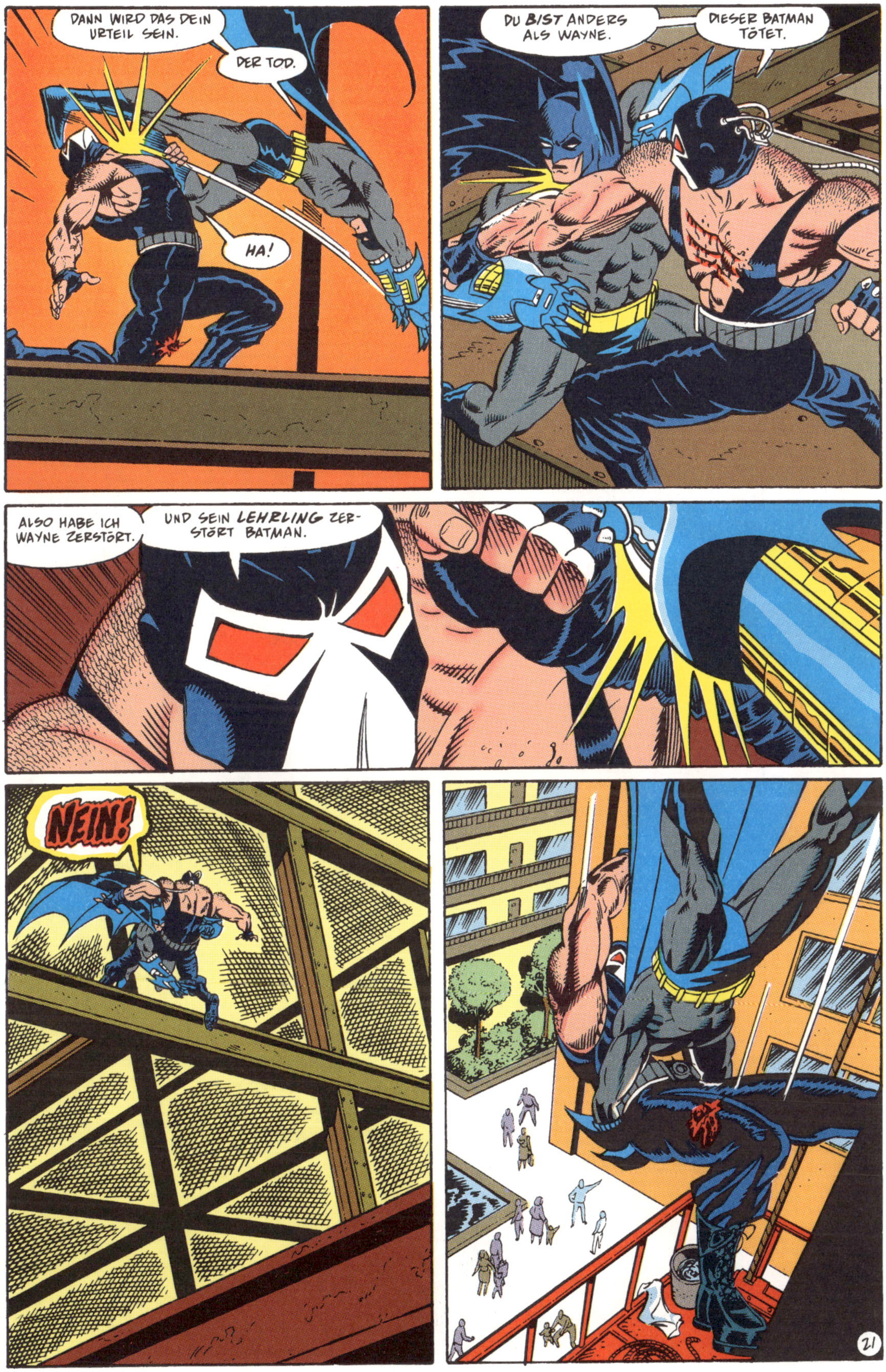

DANN WIRD DAS DEIN URTEIL SEIN.
DER TOD.
HA!
DU BIST ANDERS ALS WAYNE.
DIESER BATMAN TÖTET.
ALSO HABE ICH WAYNE ZERSTÖRT.
UND SEIN LEHRLING ZERSTÖRT BATMAN.
NEIN!
21

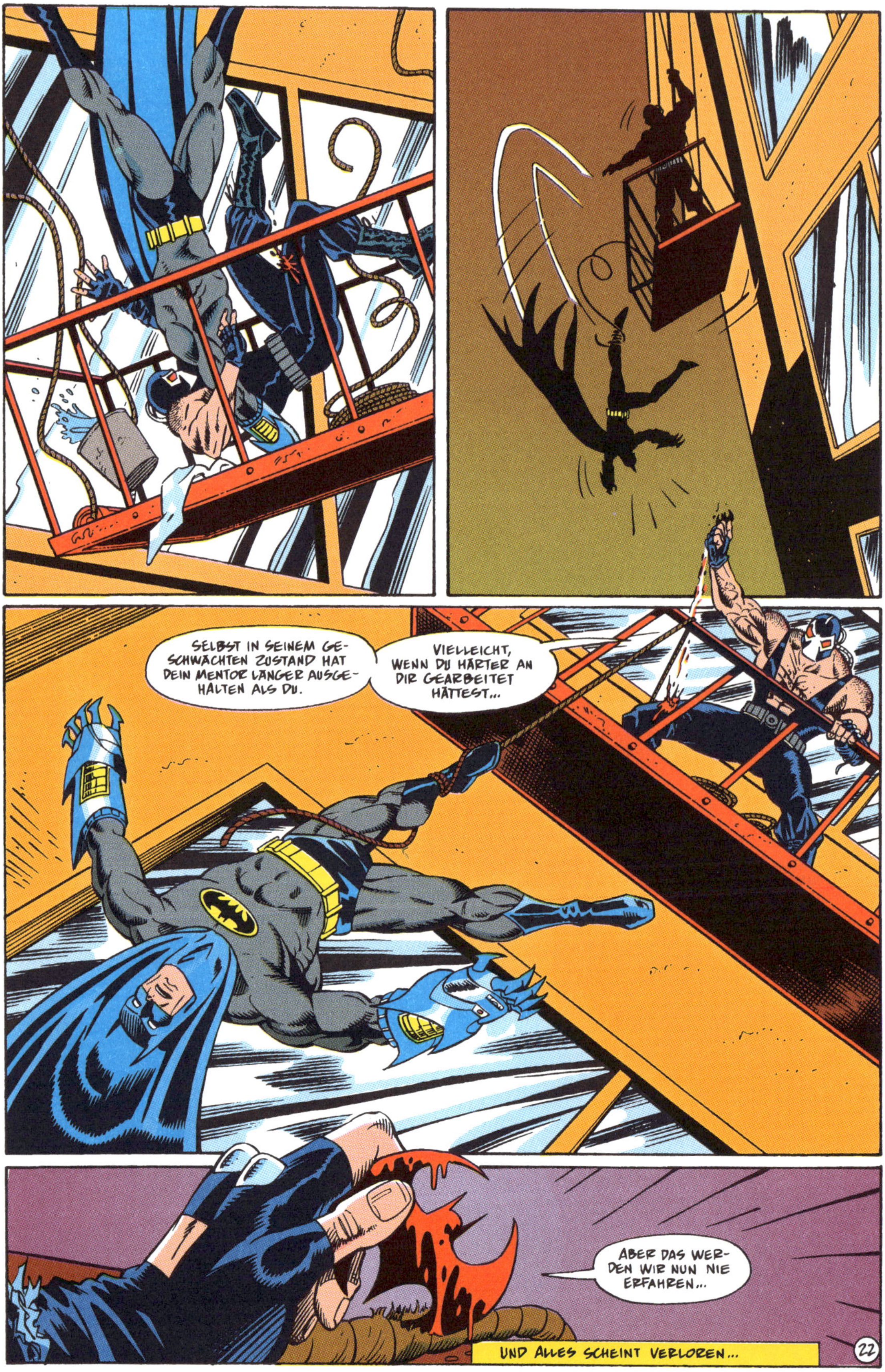

SELBST IN SEINEM GESCHWÄCHTEN ZUSTAND HAT DEIN MENTOR LÄNGER AUSGEHALTEN ALS DU.
VIELLEICHT, WENN DU HÄRTER AN DIR GEARBEITET HÄTTEST...
ABER DAS WERDEN WIR NUN NIE ERFAHREN...
UND ALLES SCHEINT VERLOREN...
22

DUNKLER ENGEL
1: DER STURZ
DIE ERSTE WIRKLICHE PRÜFUNG ALS BATMAN... UND ER HATTE BANE FAST IN DIE KNIE GEZWUNGEN.
DOCH STATT DESSEN...
... FIEL ER.
DOUG MOENCH TEXT
JIM APARO & MIKE MANLEY ZEICHNUNG
TERRY AUSTIN TUSCHE
ADRIENNE ROY FARBEN
BATMAN WURDE GESCHAFFEN VON BOB KANE

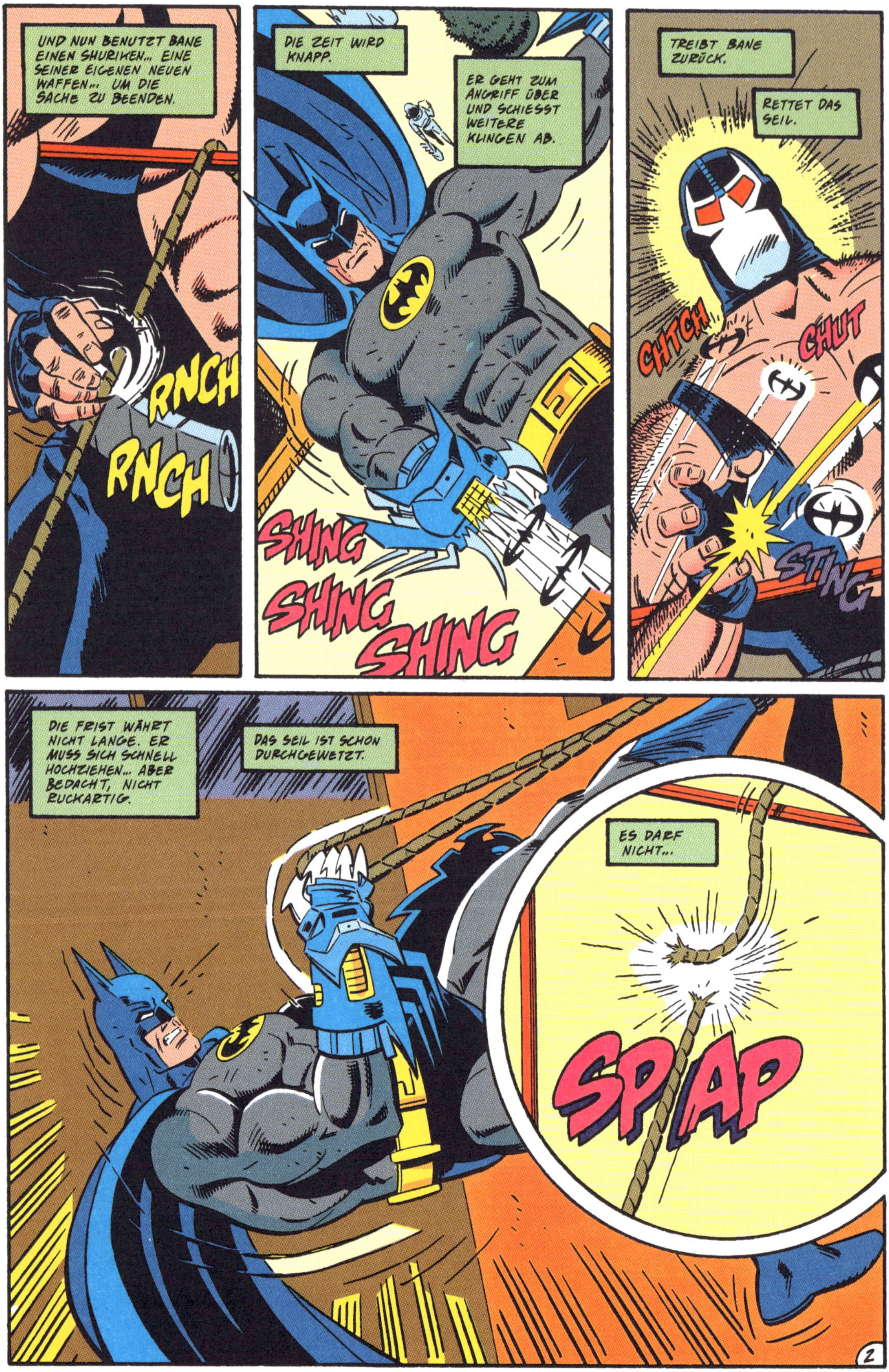
UND NUN BENUTZT BANE EINEN SHURIKEN... EINE SEINER EIGENEN NEUEN WAFFEN... UM DIE SACHE ZU BEENDEN.
RNCH
RNCH
DIE ZEIT WIRD KNAPP.
ER GEHT ZUM ANGRIFF ÜBER UND SCHIESST WEITERE KLINGEN AB.
SHING
SHING
SHING
TREIBT BANE ZURÜCK.
RETTET DAS SEIL.
CHTCH
CHUT
STING
DIE FRIST WÄHRT NICHT LANGE. ER MUSS SICH SCHNELL HOCHZIEHEN... ABER BEDACHT, NICHT RUCKARTIG.
DAS SEIL IST SCHON DURCHGEWETZT.
ES DARF NICHT...
SPAP
2

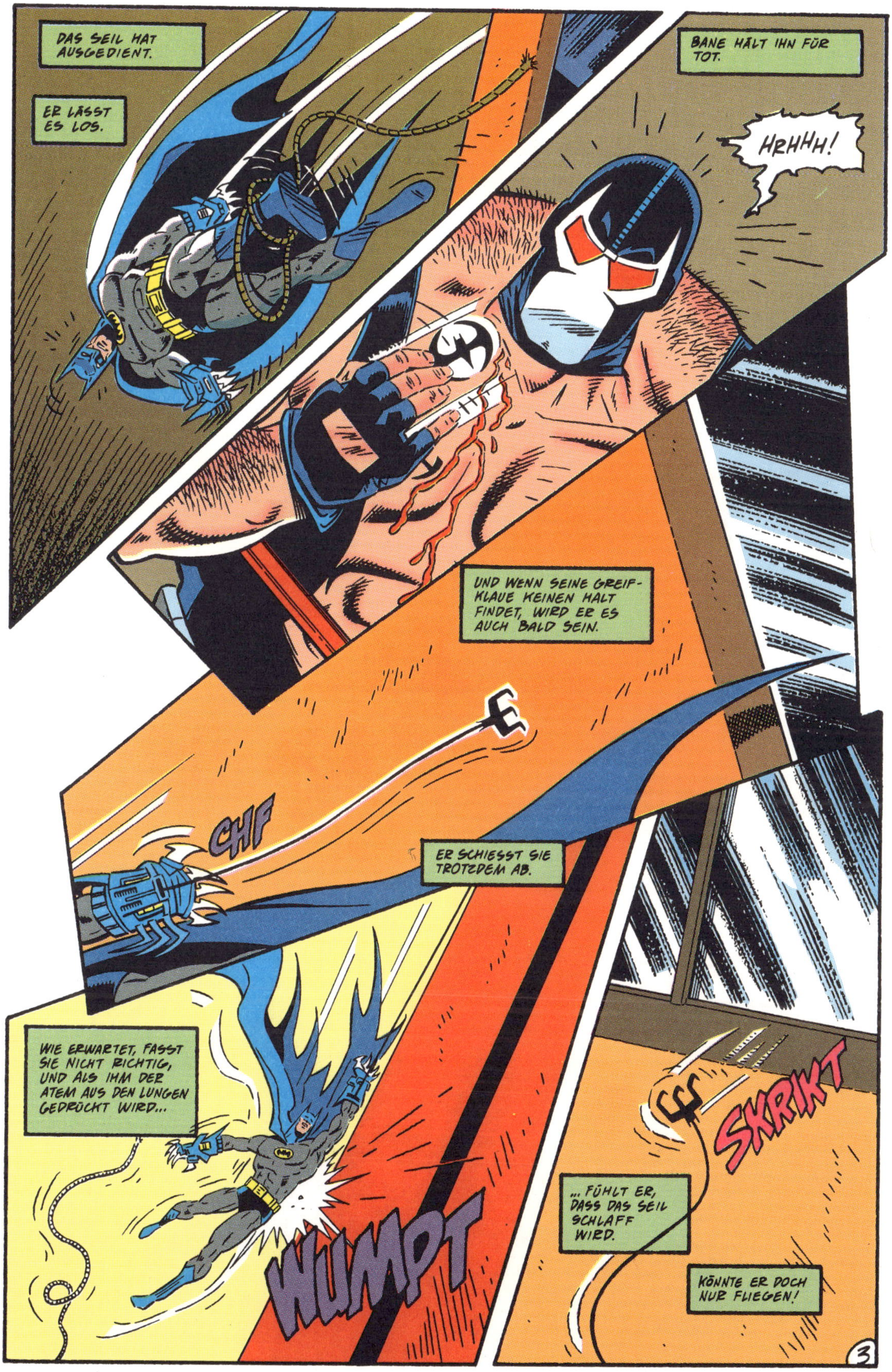

DAS SEIL HAT AUSGEDIENT.
ER LÄSST ES LOS.
BANE HÄLT IHN FÜR TOT.
HRHHH!
UND WENN SEINE GREIFKLAUE KEINEN HALT FINDET, WIRD ER ES AUCH BALD SEIN.
CHF
ER SCHIESST SIE TROTZDEM AB.
WIE ERWARTET, FASST SIE NICHT RICHTIG, UND ALS IHM DER ATEM AUS DEN LUNGEN GEDRÜCKT WIRD...
WUMPT
SKRIKT
... FÜHLT ER, DASS DAS SEIL SCHLAFF WIRD.
KÖNNTE ER DOCH NUR FLIEGEN!
3

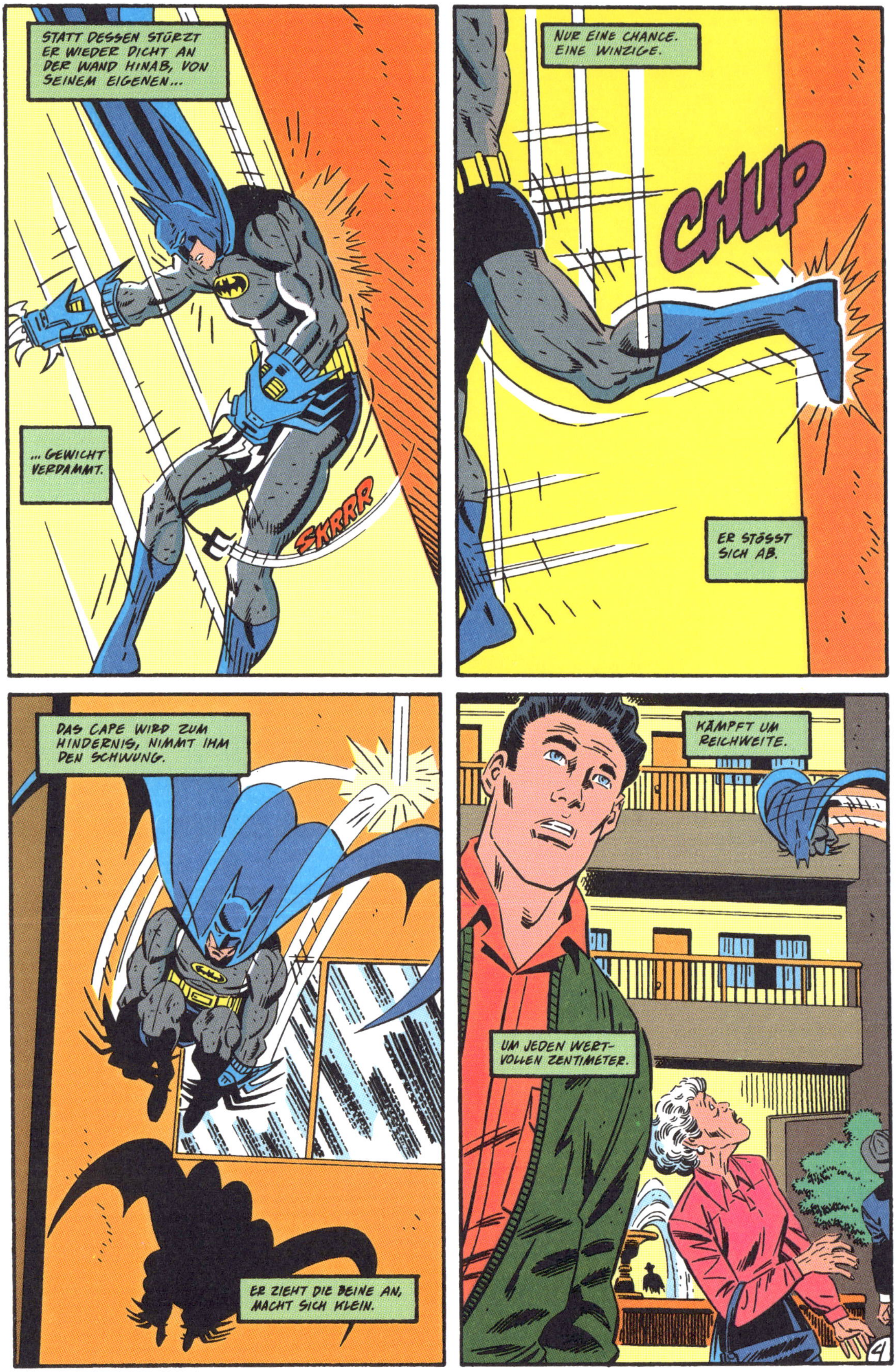
STATT DESSEN STÜRZT ER WIEDER DICHT AN DER WAND HINAB, VON SEINEM EIGENEN...
...GEWICHT VERDAMMT.
SKRRR
NUR EINE CHANCE. EINE WINZIGE.
CHUP
ER STÖSST SICH AB.
DAS CAPE WIRD ZUM HINDERNIS, NIMMT IHM DEN SCHWUNG.
ER ZIEHT DIE BEINE AN, MACHT SICH KLEIN.
KÄMPFT UM REICHWEITE.
UM JEDEN WERTVOLLEN ZENTIMETER.

PLASH
BRASH
WAS ZUM...!?
DA OBEN!
5

DAS WASSER KONNTE DEN AUFPRALL NICHT DÄMPFEN!
ER... IST...
GHASP!
ER LEBT.
ABER BANE IST WEG.
ICH RUFE DIE POLIZEI.
SOLLEN WIR DIE AUSGÄNGE SCHLIESSEN?
DING
6

RUUAAAHH!
VOR-SICHT!
EEEEEEEEE
YAAAHHH!
SEIN BEIN IST GEFÜHLLOS. STEIF. LAUFEN KOMMT NICHT IN FRAGE.
UND BANE IST ZU WEIT WEG.
ER KANN IHN NICHT EIN-HOLEN. JETZT NICHT MEHR.
UND BANE IST ZU CLEVER, UM IN EINEM KLEINEN RAUM ZU BLEIBEN.
7

HARBORGATE
DAS NÄCHSTE MAL WERDEN SIE SICH DRAUSSEN TREFFEN. IN DER WILDNIS.
ZWEI RAUBTIERE IM GROSSSTADTDSCHUNGEL.
DAFÜR IST ES EIN BISSCHEN SPÄT.
IHR GAST IST GERADE ABGEREIST.
ABER KEINE ANGST.
ER KOMMT NICHT WEIT.
ICH FINDE IHN.
WUSSTE GAR NICHT, DASS ER...
... KLAUEN HAT.
8

BRIIINGG
HALLO?
TIM... ES IST SO LANGE HER... KÖNNEN WIR UNS MORGEN ABEND TREFFEN?
KANN LEIDER NICHT, ARIANA.
HAB ZU TUN.
SCHON WIEDER?
WESHALB HAST DU DANN ANGERUFEN, TIM?
WEISS NICHT... ICH VERMISSE DICH...
ICH HABE GERADE EINEN FREUND VERLOREN.
BIN WOHL EINSAM.
LEB WOHL.
klik
9

WIE SIEHT ES AUS, SERGEANT BULLOCK?
WIR SIND WIEDER AM ANFANG, LIEUTENANT. BATMAN HAT SEINE HELFER WIEDER GESCHNAPPT, ABER BANE IST ENTKOMMEN.
DUNK & EAT
UND BATMAN?
AUCH WEG. DIE ERSTE RUNDE ENDETE UNENTSCHIEDEN.
DIE ERSTE?
DUNK & EAT
DES RÜCKSPIELS. ES WAR EIN AUSGEGLICHENES MATCH.
WIE ICH ES SEHE, WURDE BATMAN VON DER ERSTEN NIEDERLAGE WACHGERÜTTELT. ER SCHEINT DIE GLACÉHANDSCHUHE JETZT AUSGEZOGEN ZU HABEN.
LIEUTENANT KITCH? EIN ANRUF... DER BÜRGERMEISTER WILL SIE SOFORT SEHEN.
KROL? MICH?
JA, ES HEISST, ER UND COMMISSIONER GORDON SPRECHEN NICHT MEHR MITEINANDER.
KANN ICH BESTÄTIGEN... UND DER COMMISH IST NICHT BÖSE DRUM...
NA SCHÖN. ZURÜCK MIT IHNEN IN EINE ZELLE... UND DOPPELTE WACHEN, KLAR?
10

„HAB ZU TUN", SAG ICH ZU ARIANA. HA!
JEAN PAUL WILL ALLEIN ARBEITEN... UND BRUCE HAT MIR VERBOTEN, BANE ZU SUCHEN.
PAUL...?
HIER OBEN...
ICH TRAINIERE GERADE.
HAST DU WAS?
NEIN. WAS WILLST DU?
WAS DU TUST, IST NICHT RICHTIG, PAUL. BATMAN GEHT NICHT SO BRUTAL VOR. WO BLEIBT DER GRUNDLEGENDE ANSTAND?
ICH BEWAHRE DEN ANSTAND, BRAUCHE IHN ABER NICHT... UND HALTE MICH NICHT UNBEDINGT DARAN.
DANN BEWAHRST DU IHN AUCH NICHT.
O DOCH... AUF JEDE MÖGLICHE WEISE. ICH RETTE DIE STADT, NICHT MICH.
... UNTER DIEBEN... UND WIR HABEN ES MIT SCHLIMMEREM ZU TUN.
ABER ES GIBT KEINE EHRE...
AUF IHREM NIVEAU.
11

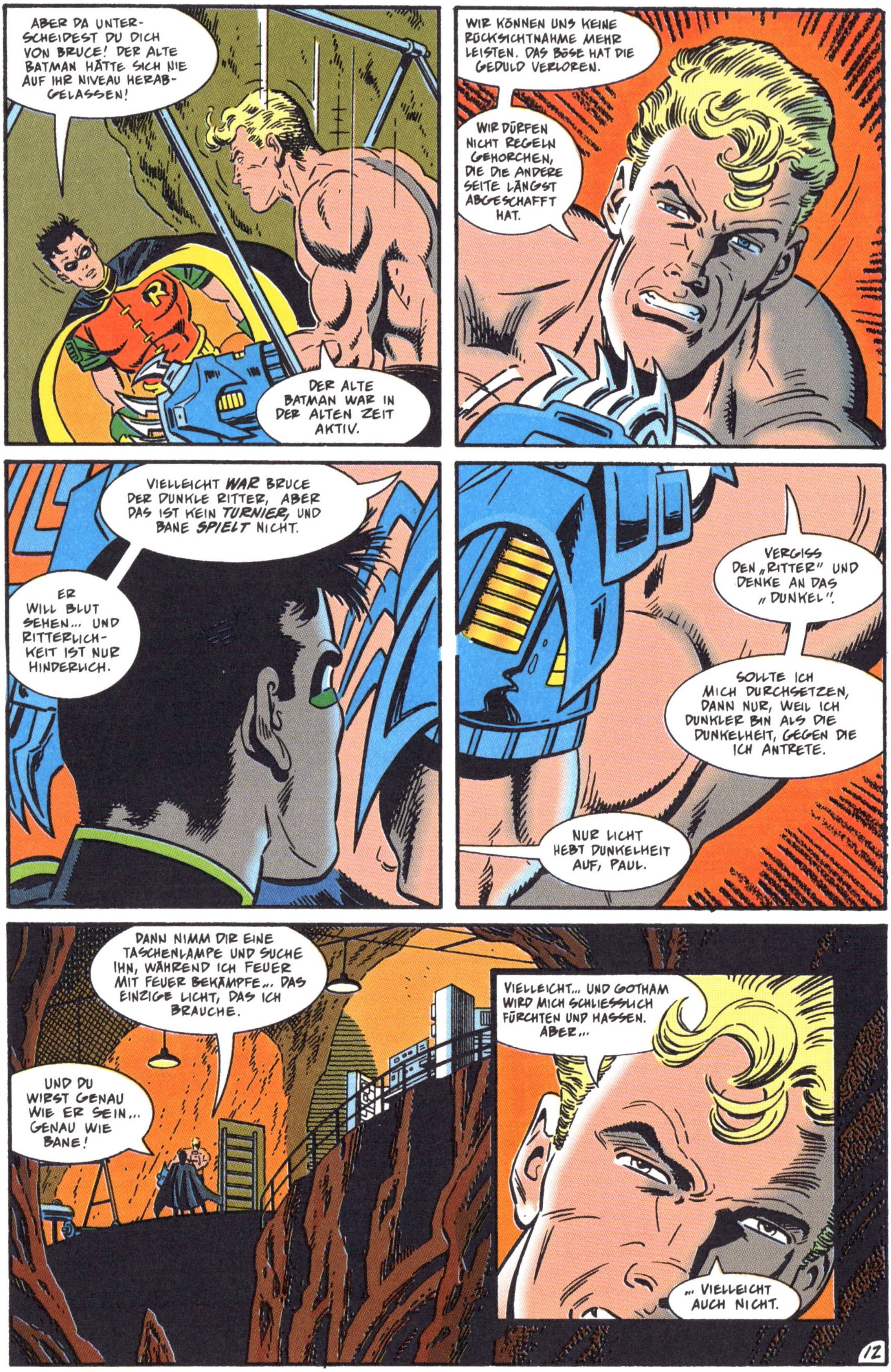
ABER DA UNTERSCHEIDEST DU DICH VON BRUCE! DER ALTE BATMAN HÄTTE SICH NIE AUF IHR NIVEAU HERABGELASSEN!
DER ALTE BATMAN WAR IN DER ALTEN ZEIT AKTIV.
WIR KÖNNEN UNS KEINE RÜCKSICHTNAHME MEHR LEISTEN. DAS BÖSE HAT DIE GEDULD VERLOREN.
WIR DÜRFEN NICHT REGELN GEHORCHEN, DIE DIE ANDERE SEITE LÄNGST ABGESCHAFFT HAT.
VIELLEICHT WAR BRUCE DER DUNKLE RITTER, ABER DAS IST KEIN TURNIER, UND BANE SPIELT NICHT.
ER WILL BLUT SEHEN... UND RITTERLICHKEIT IST NUR HINDERLICH.
VERGISS DEN „RITTER" UND DENKE AN DAS „DUNKEL".
SOLLTE ICH MICH DURCHSETZEN, DANN NUR, WEIL ICH DUNKLER BIN ALS DIE DUNKELHEIT, GEGEN DIE ICH ANTRETE.
NUR LICHT HEBT DUNKELHEIT AUF, PAUL.
DANN NIMM DIR EINE TASCHENLAMPE UND SUCHE IHN, WÄHREND ICH FEUER MIT FEUER BEKÄMPFE... DAS EINZIGE LICHT, DAS ICH BRAUCHE.
UND DU WIRST GENAU WIE ER SEIN... GENAU WIE BANE!
VIELLEICHT... UND GOTHAM WIRD MICH SCHLIESSLICH FÜRCHTEN UND HASSEN. ABER...
... VIELLEICHT AUCH NICHT.
12

BANE HAT DIESE STADT VERKRÜPPELT... UND WENN MAN SO SCHWER VERLETZT IST, AKZEPTIERT MAN JEDE MEDIZIN.
DEN ALTEN BATMAN GIBT ES NICHT MEHR, ROBIN.
EIN NEUER TRITT AN SEINE STELLE.
DANN ZÄHLE NICHT AUF MICH, PAUL!
TUE ICH SCHON LÄNGST NICHT MEHR. BANE IST ZU GEFÄHRLICH FÜR DICH. ER WÜRDE DEINE SKRUPEL NUR AUSNUTZEN.
HILFLOS BETRACHTET ER DIE ENTWÜRFE. ER ERINNERT SICH KAUM, SIE ANGEFERTIGT ZU HABEN.
BLAUPAUSEN FÜR SEINEN KÖRPER... MUSTER FÜR DEN NEUEN BATMAN, ZU DEM ER WERDEN WILL.
DOCH NACH DEM KAMPF MIT BANE WEISS ER.
DAS... GENÜGT... NICHT.
DIE NEUEN HANDSCHUHE SIND ANGEMESSEN...
13

ABER DER UMHANG HÄTTE IHN FAST DAS LEBEN GEKOSTET.
ICH BRAUCHE MEHR...
WIE VON DRITTER HAND GEFÜHRT, ZEICHNET ER SCHNELLE, SAUBERE STRICHE...
... UND VERLIERT SICH IN DEN VERSCHLUNGENEN PFADEN DES SYSTEMS, DIE TIEF IN SEINEN VERSTAND EINGEBETTET SIND.
WENN ER SCHLIESSLICH AUS SEINER TRANCE ERWACHT, AUS DIESEM PRIVATEN LABYRINTH ZURÜCKKEHRT...
... WIRD ER VERÄNDERT SEIN.

... DIE ÄNDERUNGEN IN BATMANS TAKTIK NICHT BILLIGEN, HERR BÜRGERMEISTER.
ALS COP MUSS ICH MICH AN DIE VORSCHRIFTEN HALTEN...
... UND KANN KEINE SKRUPELLOSEN VIGILANTEN DECKEN.
VERGESSEN SIE DIE VORSCHRIFTEN, LIEUTENANT KITCH! ICH HABE ES SELBST ERLEBT! ALS SCARECROW UND DER JOKER MICH ENTFÜHRT HATTEN, WAR JEDER AUGENBLICK EIN ALPTRAUM!
ICH SAH DIREKT IN DAS HERZ DES BÖSEN, MIT DEM BATMAN JEDE NACHT ZU TUN HAT.
14

ER HAT MIR DAS LEBEN GERETTET, KITCH... UND NICHT, INDEM ER SICH AN VORSCHRIFTEN HIELT!
SOLL DIE POLIZEI ETWA IHR VERHALTEN BEZÜGLICH BATMAN ÄNDERN...?
NATÜRLICH NICHT! SIE MÜSSEN DIE VORSCHRIFTEN GENAU BEFOLGEN, KITCH... SO SEHR SIE SIE AUCH BEHINDERN MÖGEN.
ABER BATMAN MUSS DAS NICHT.
DESHALB BIN ICH FROH, DASS ER DA DRAUSSEN IST... UND DESHALB WERDEN IHRE LEUTE SICH NICHT EINMISCHEN.
ABER WAS HAST DU VOR, JAMES, WENN DU NICHT NACH HAUSE KOMMST...
NICHTS, SARAH. ICH KANN JETZT NICHTS MEHR TUN...
...NUR HIER SITZEN UND WARTEN.
AUF IHN. AUF BATMAN.
15

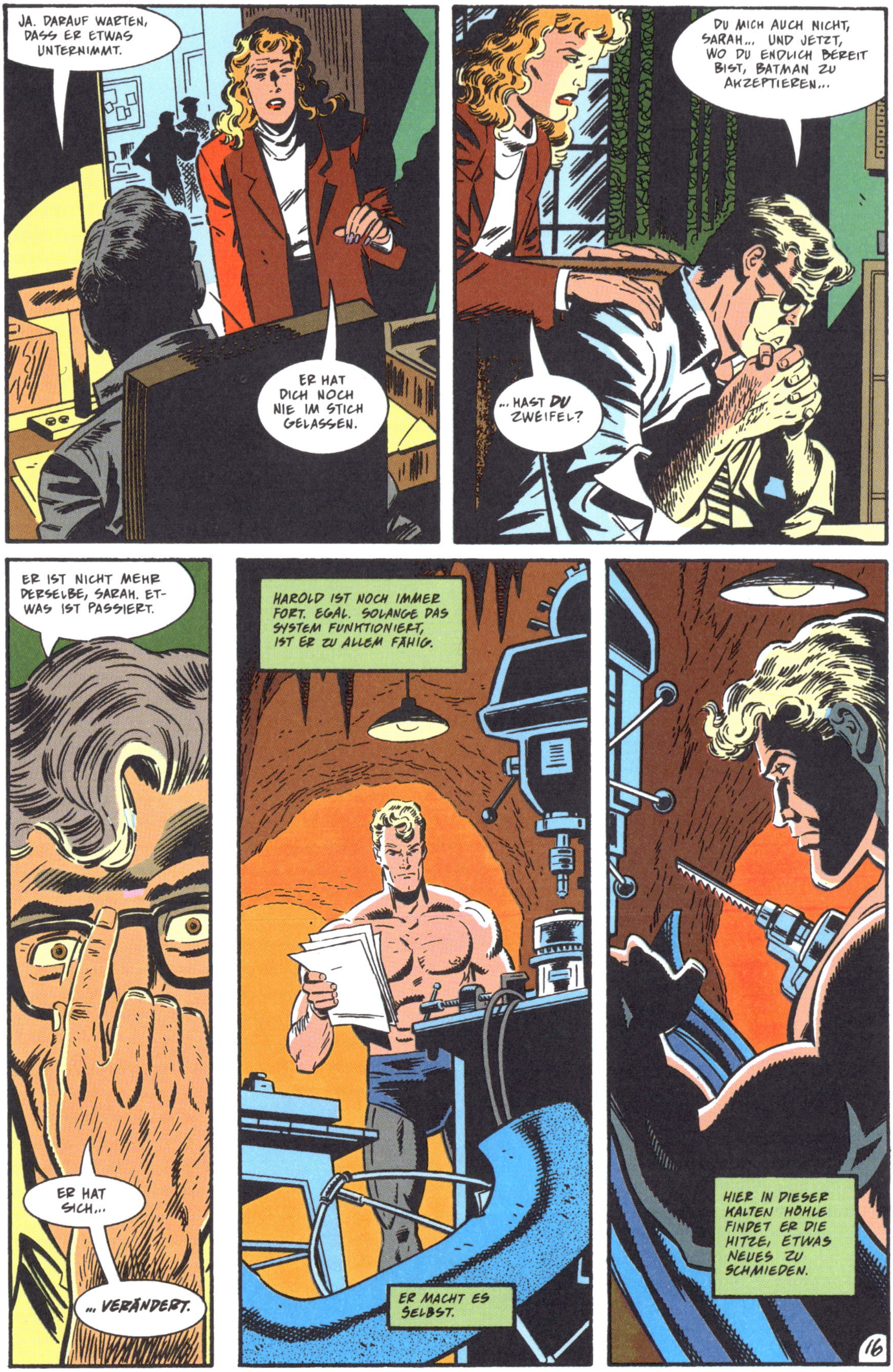
JA. DARAUF WARTEN, DASS ER ETWAS UNTERNIMMT.
ER HAT DICH NOCH NIE IM STICH GELASSEN.
DU MICH AUCH NICHT, SARAH... UND JETZT, WO DU ENDLICH BEREIT BIST, BATMAN ZU AKZEPTIEREN...
... HAST DU ZWEIFEL?
ER IST NICHT MEHR DERSELBE, SARAH. ETWAS IST PASSIERT.
ER HAT SICH...
... VERÄNDERT.
HAROLD IST NOCH IMMER FORT. EGAL. SOLANGE DAS SYSTEM FUNKTIONIERT, IST ER ZU ALLEM FÄHIG.
ER MACHT ES SELBST.
HIER IN DIESER KALTEN HÖHLE FINDET ER DIE HITZE, ETWAS NEUES ZU SCHMIEDEN.
16

BALD DENKT ER NUR NOCH AN DIE BEVOR-STEHENDE AUFGABE.
ALLES ANDERE IST UNWICHTIG.
uhhrrrrrrrr
ES KOMMT NUR AUF SEINE GEHEIMEN FÄHIGKEITEN AN.
ER MUSS DEN WEG DURCH NEUE BEREICHE IM LABYRINTH DES SYSTEMS FINDEN.
UND ZWAR...
TSHH
...UNGESTÖRT.
17

WHEEEN!
RFFF
DC GENERATOR
MIGHTY CHOW DOG FOOD
ER BRAUCHT DABEI WEDER SCHLAF NOCH NAHRUNG.
BALD WIRD ER SICH AUS BLOSSEN SCHATTEN IN DIE VOLLE DUNKELHEIT ERHEBEN, NUR UM ERNEUT ZU STÜRZEN.
APEX
18

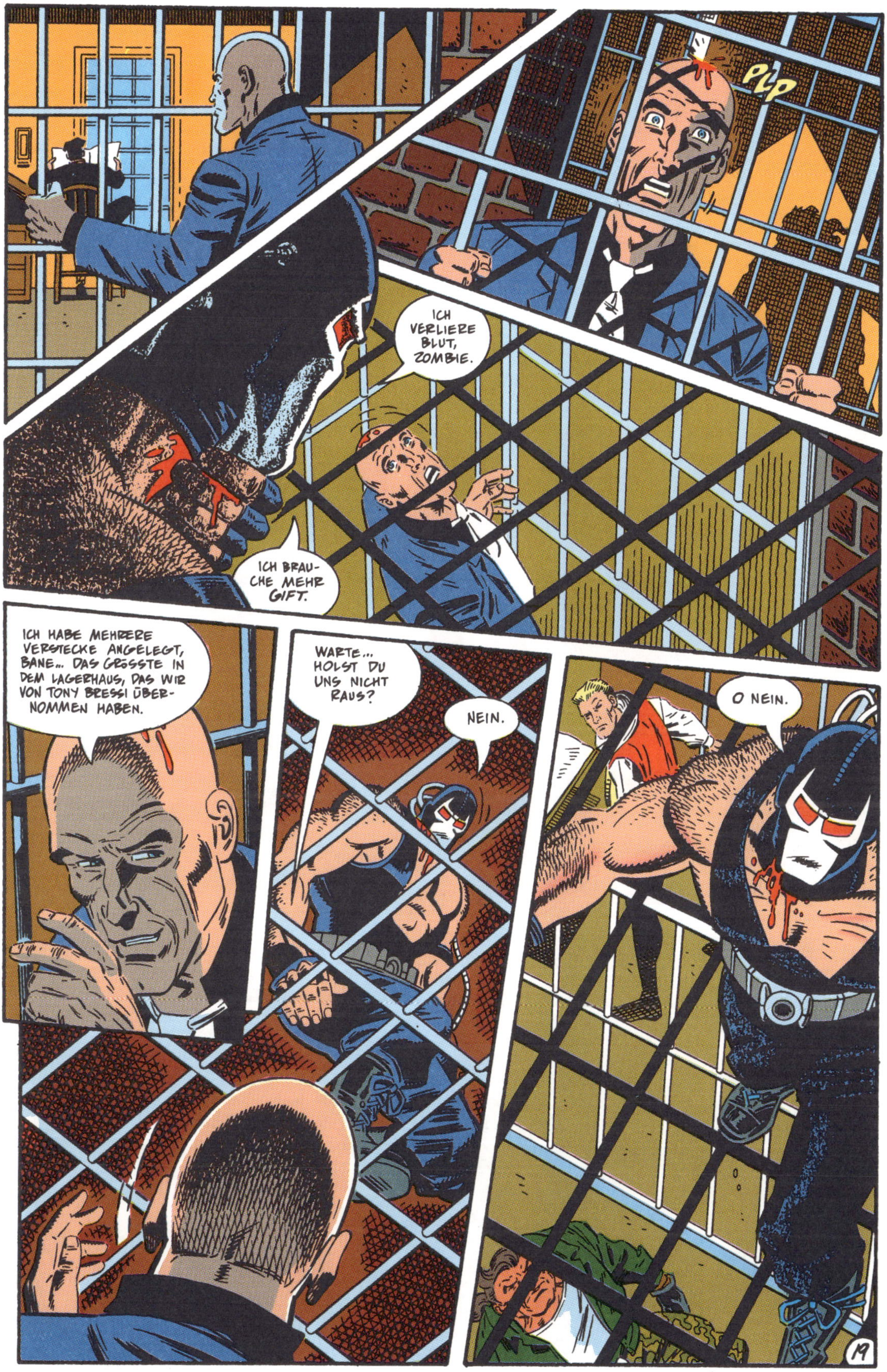
PLP
ICH VERLIERE BLUT, ZOMBIE.
ICH BRAUCHE MEHR GIFT.
ICH HABE MEHRERE VERSTECKE ANGELEGT, BANE... DAS GRÖSSTE IN DEM LAGERHAUS, DAS WIR VON TONY BRESSI ÜBERNOMMEN HABEN.
WARTE... HOLST DU UNS NICHT RAUS?
NEIN.
O NEIN.
19

AUS DEM HAUS, DER HÖHLE UND SOGAR DEM TEAM VERTRIEBEN.
UND ALLES WEGEN...
BRUCE IST AUSSER GEFAHR.
NIGHTWING!
WOHER WEISST DU, DASS ER...
ICH MUSSTE ES VON ORACLE ERFAHREN.
ÄH... TUT MIR LEID... ABER BRUCE WOLLTE ES GEHEIMHALTEN.
SOGAR VOR MIR?
HE, WIR HATTEN EIN PAAR HEKTISCHE TAGE.
ZWEIFELLOS... ABER DAVON SOLL BRUCE MIR ERZÄHLEN.
ER IST NICHT DA... UND ALFRED AUCH NICHT.
UND DOCH IST BATMAN HEUTE GROSS IN DEN SCHLAGZEILEN.
NICHT ER, NIGHTWING.
ER IST AUSSER GEFAHR, SITZT ABER... NOCH IM ROLLSTUHL.
20

AUF SEINE BITTE VERTRITT IHN JEMAND.
JEAN PAUL VALLEY... EHEMALS BEKANNT ALS AZRAEL.
ER HAT NICHT MICH GEBETEN?
HÄTTEST DU AKZEPTIERT?
WENN ER MICH BRAUCHT...
NA SCHÖN... ABER HÄTTEST DU ES TUN WOLLEN?
NEIN.
UND DAS WEISS ER, NIGHTWING. ER HAT GESAGT, DU SEIST AUS SEINEM SCHATTEN HERAUSGETRETEN.
ALSO BAT ER JEAN PAUL VALLEY... EINEN JUNGEN MIT WENIGER VERGANGENHEIT.
UND ERFAHRUNG.
WIR BEIDE SCHEINEN NICHT BESONDERS BEGEISTERT ZU SEIN. WIESO DU NICHT?
DER NEUE BATMAN HAT NICHTS FÜR ROBIN ÜBRIG. VIELLEICHT BRAUCHT ER IHN NICHT. ER IST EHER... FANATISCH.
HAT BRUCE NICHT GEWUSST, WAS ER TAT?
VIELLEICHT IST ES MEINE SCHULD.
„ALS BRUCE MICH BAT, PAUL AUSZUBILDEN, ENTWARF ICH EIN KOSTÜM, DAS HAROLD DANN GENÄHT HAT...“
21

„ICH DACHTE, ES WÄRE EINE GUTE MISCHUNG AUS AZRAEL UND BATMAN..."
„... ABER ES SAH EINEM SCHURKEN ÄHNLICH, DEN BATMAN GERADE GESCHNAPPT HATTE."
„NUN JA... ABGESEHEN VON METALHEADS HÄSSLICHEN DORNEN WAREN DIE BEIDEN KOSTÜME FAST IDENTISCH."
VIELLEICHT HAT PAUL UNTERBEWUSST SCHLÜSSE GEZOGEN... UND ZUSAMMEN MIT DEM SELTSAMEN ZEUG IN SEINEM KOPF...
ZUSAMMEN WOMIT?
ER NENNT ES „DAS SYSTEM"...
„EINE GEHIRNPROGRAMMIERUNG, DER ER UNTERZOGEN WURDE, ALS ER NOCH AZRAEL WAR."
„ER WEISS NOCH IMMER NICHT, WAS MAN IHM ALLES EINGETRICHTERT HAT..."
... ABER DA DER ORDEN VON ST. DUMAS EINEN „RACHEENGEL" SCHAFFEN WOLLTE, KANN NICHT ALLES GUT GEWESEN SEIN...
... OBWOHL ES IHN ZU ERSTAUNLICHEN DINGEN BEFÄHIGT, VON DENEN ER NICHT MAL WEISS, DASS ER SIE KANN.
NA JA... VIELLEICHT HAT DIESES KOSTÜM IRGENDEINE PROGRAMMIERUNG AUS DEM „SYSTEM" GEWECKT UND IHN...
NEIN. MACH DICH NICHT VERRÜCKT.
22

ENTWEDER IST DIESER JEAN PAUL VALLEY GUT GENUG, ODER ER IST ES NICHT.
BRUCE MEINT, ER IST ES.
ALLES KLAR.
DANN KÖNNEN WIR BEIDE WOHL NICHTS MEHR TUN.
MAG SEIN.
ABER EINEN LETZTEN VERSUCH RISKIERE ICH NOCH.
GIFT...
KRATCH
KUSH
BUKSH
IMPORTED
SCOTCH WHISKIES
23

HIER.
QUOR
England
SCOTCH WHISKIES
J.B. GORFINKEL
CHAK
TEK
FSHSH
KEIN SCHMERZ.
SOLL ER KOMMEN.
ER ERLEIDET DASSELBE SCHICKSAL...
24

„... WIE DER ERSTE BATMAN."
SIE HABEN MIR DAS LEBEN GERETTET, ALFRED! SIE UND TIM UND PAUL.
ABER VORHER... ALS MEIN STURZ BEGANN... HAT SHONDRA KINSOLVING MEINE SEELE BEWAHRT.
ICH WEISS, WIEVIEL SIE IHNEN BEDEUTET, SIR!
¡BIENVENIDOS A Santa Prisca! WELCOME TO Santa Prisca!
NEIN, ALFRED, DAS KÖNNEN SIE NICHT... DENN BIS SHONDRA ENTFÜHRT WURDE, HABE ICH ES SELBST NICHT GEWUSST.
„AUCH WENN ICH ES NICHT EINGESTEHEN WOLLTE... ICH STAND KURZ VOR DEM ZUSAMMENBRUCH, ALS ICH ZU IHR GING."
WENN IRGENDEINER DIE KRAFT HAT, DIES ZU ÜBERWINDEN, BRUCE, DANN SIE.
„ABER SIE NAHM MICH BEI DER HAND UND HIELT MICH FEST."
SIE IST EINE WAHRE HEILERIN, ALFRED!
OHNE SIE HÄTTE ICH NICHT WEITERMACHEN KÖNNEN... GEGEN ALL DIE VERRÜCKTEN ANTRETEN KÖNNEN, DIE BANE AUS ARKHAM BEFREIT HAT...
SIE HABEN MEHR GETAN, ALS MAN VON IRGENDEINEM MENSCHEN ERWARTEN KONNTE, SIR!
UND DANN HABE ICH VERSAGT. BANE IST NOCH FREI... UND SHONDRA WURDE ENTFÜHRT... HIERHER NACH SANTA PRISCA... MIT TIMS VATER.
25

DOCH WIR HABEN DANK EINER SPENDE ERFAHREN...
... DASS IHR JET NACH LONDON WEITERGEFLOGEN IST.
JA. HIER SIND DIE ZOLLBEAMTEN BESONDERS BESTECHLICH, ALFRED.
WIR WERDEN IHR DORTHIN FOLGEN, ALFRED. HOFFEN WIR NUR, DASS SHONDRA MIR GENUG KRAFT GEGEBEN HAT, SIE ZU FINDEN.
WENN NICHT, SIR, GILT, WAS SIE GESAGT HAT. ICH BEZWEIFLE NICHT, DASS SIE DIESE KRAFT DANN IN SICH SELBST FINDEN WERDEN.
HOFFEN WIR INZWISCHEN...
"... DASS ZU HAUSE ALLES IN ORDNUNG IST."
WELCOME TO GOTHAM
MAJESTIC
LOTUS
YOUR MESSAGE HERE FOR DETAILS:
26

WAS JETZT? NACHRICHTEN UND WETTER ODER WERBUNG?
WERBUNG NATÜRLICH! UND ZWAR FÜR DEN GUTEN ALTEN...
AGH-K!
KRAKT
... TOD.
ENDE DER FLUCHT.
K-KLUMP
WIR KÄMPFEN.
27

PAUL...
ICH WILL DICH NICHT STÖREN, ABER...
PAUL...?
SEINE „PLÄNE"...
ER HAT GESAGT, ER WOLLE „DAS KOSTÜM VERBESSERN"...
WAS ZUM...
DAS IST DOCH EIN SCHERZ!
28

II: der niedergang
IRGENDWIE IST DIE NACHT ZU EINEM GEWALTIGEN MEER GEWORDEN, DURCH DAS ER SCHWIMMT. ER TREIBT GEWICHTSLOS ÜBER EINEM GOTI-SCHEN ATLANTIS, DAS VON DUNKLEN WUNDERN UND GEHEIMEN SÜNDEN GETRÄNKT IST...
... UND SCHON VOR LANGEM VON EINER SINTFLUT AUS DEM HIMMEL VERFLUCHT UND VOM WAHREN LICHT VERLASSEN WURDE.

ALS DUNKLER ENGEL MIT AUSGEBREITETEN SCHWINGEN IST ER ALS EINZIGER BEREIT, SICH DEM DUNKLEN KERN ZU NÄHERN.
ER HAT SICH IN EINEM TEIL SEINES VERSTANDES VERLOREN, DEN ER NICHT KENNT, UND SUCHT NACH EINEM...
...ZEI-CHEN.
YOUR MESSAGE HERE
FOR DETAILS
SON
UND MEINE NACHRICHT LAUTET...
"BAT.
KCHIK
CHAKT
"BATMAN" NOW
SON

DAS MEER WIRD NUN VON EINER STEIFEN BRISE ZURÜCKGETRIEBEN.
CHUP
SIE SÄUBERT SEINEN GEIST VOM TRAUM-ÄHNLICHEN SCHLAF.
JETZT IST ER WACHSAM, EIN NEUES GESCHÖPF, DAS DAS MEER VERLASSEN HAT UND IN DER BEISSEND KALTEN LUFT TROCKNET.
SEIN NEUER UMHANG IST KEIN HINDERNIS MEHR, WIRD VOM WIND GETRAGEN.
CHFF
CHAK
ER HÖRT ES, ALS ER DAHINGLEITET, ZUERST LEISE UND FERN.
QUÄLEND.
DAS GERÄUSCH ÄHNELT EINER FRAUENSTIMME. ES WIRD LAUTER UND HÖHER, BIS ES SEIN HERZ MIT EINEM UNHEIMLICHEN SCHAUDERN ERFÜLLT.
CHFF
ES IST DIE NACHT, DIE NACH SEINER SEELE SCHREIT.
ER GLEITET AUF IHR.

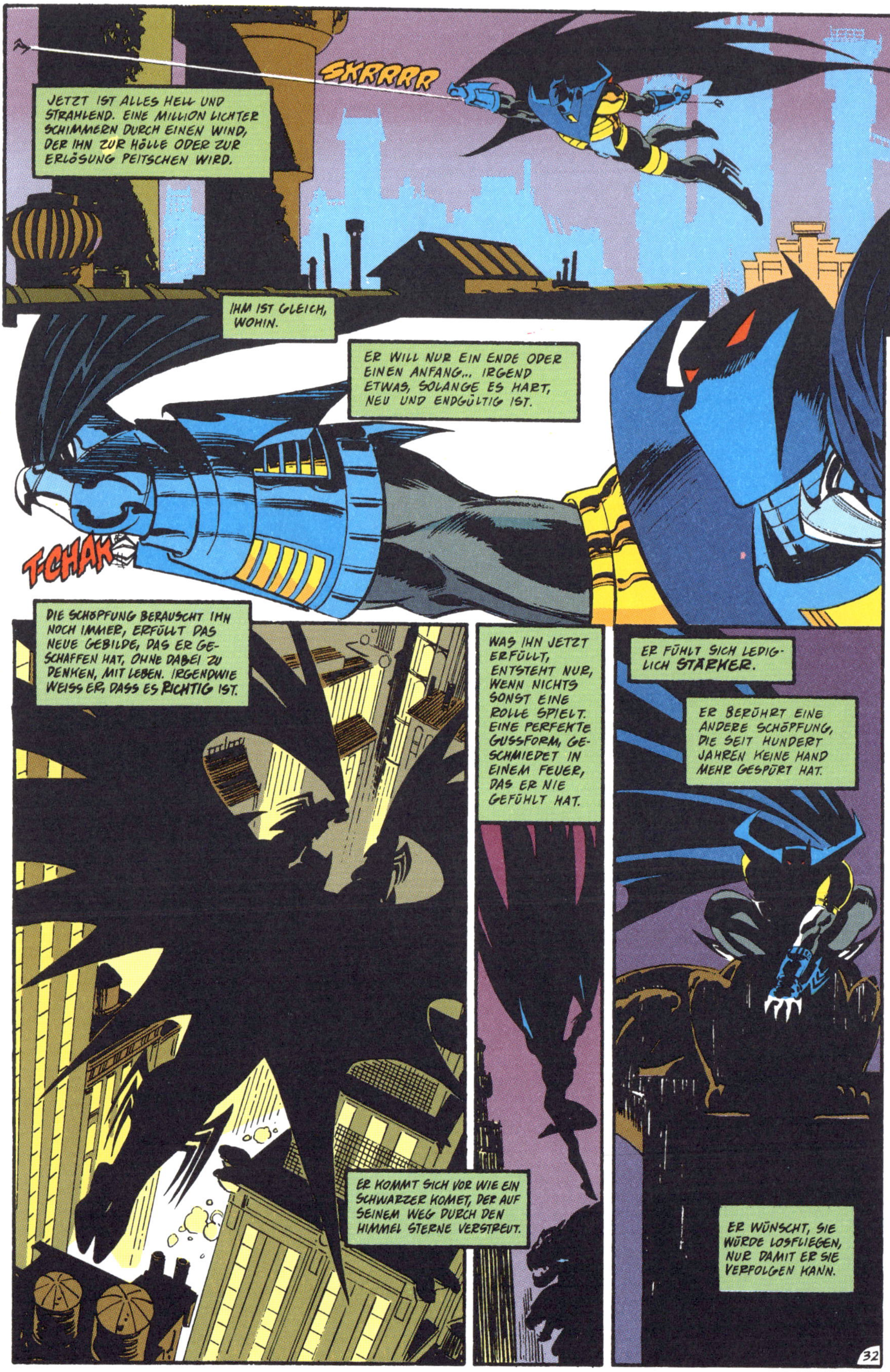
SKRRRR
JETZT IST ALLES HELL UND STRAHLEND. EINE MILLION LICHTER SCHIMMERN DURCH EINEN WIND, DER IHN ZUR HÖLLE ODER ZUR ERLÖSUNG PEITSCHEN WIRD.
IHM IST GLEICH, WOHIN.
ER WILL NUR EIN ENDE ODER EINEN ANFANG... IRGEND ETWAS, SOLANGE ES HART, NEU UND ENDGÜLTIG IST.
T-CHAK
DIE SCHÖPFUNG BERAUSCHT IHN NOCH IMMER, ERFÜLLT DAS NEUE GEBILDE, DAS ER GESCHAFFEN HAT, OHNE DABEI ZU DENKEN, MIT LEBEN. IRGENDWIE WEISS ER, DASS ES RICHTIG IST.
ER KOMMT SICH VOR WIE EIN SCHWARZER KOMET, DER AUF SEINEM WEG DURCH DEN HIMMEL STERNE VERSTREUT.
WAS IHN JETZT ERFÜLLT, ENTSTEHT NUR, WENN NICHTS SONST EINE ROLLE SPIELT. EINE PERFEKTE GUSSFORM, GESCHMIEDET IN EINEM FEUER, DAS ER NIE GEFÜHLT HAT.
ER FÜHLT SICH LEDIGLICH STÄRKER.
ER BERÜHRT EINE ANDERE SCHÖPFUNG, DIE SEIT HUNDERT JAHREN KEINE HAND MEHR GESPÜRT HAT.
ER WÜNSCHT, SIE WÜRDE LOSFLIEGEN, NUR DAMIT ER SIE VERFOLGEN KANN.
32

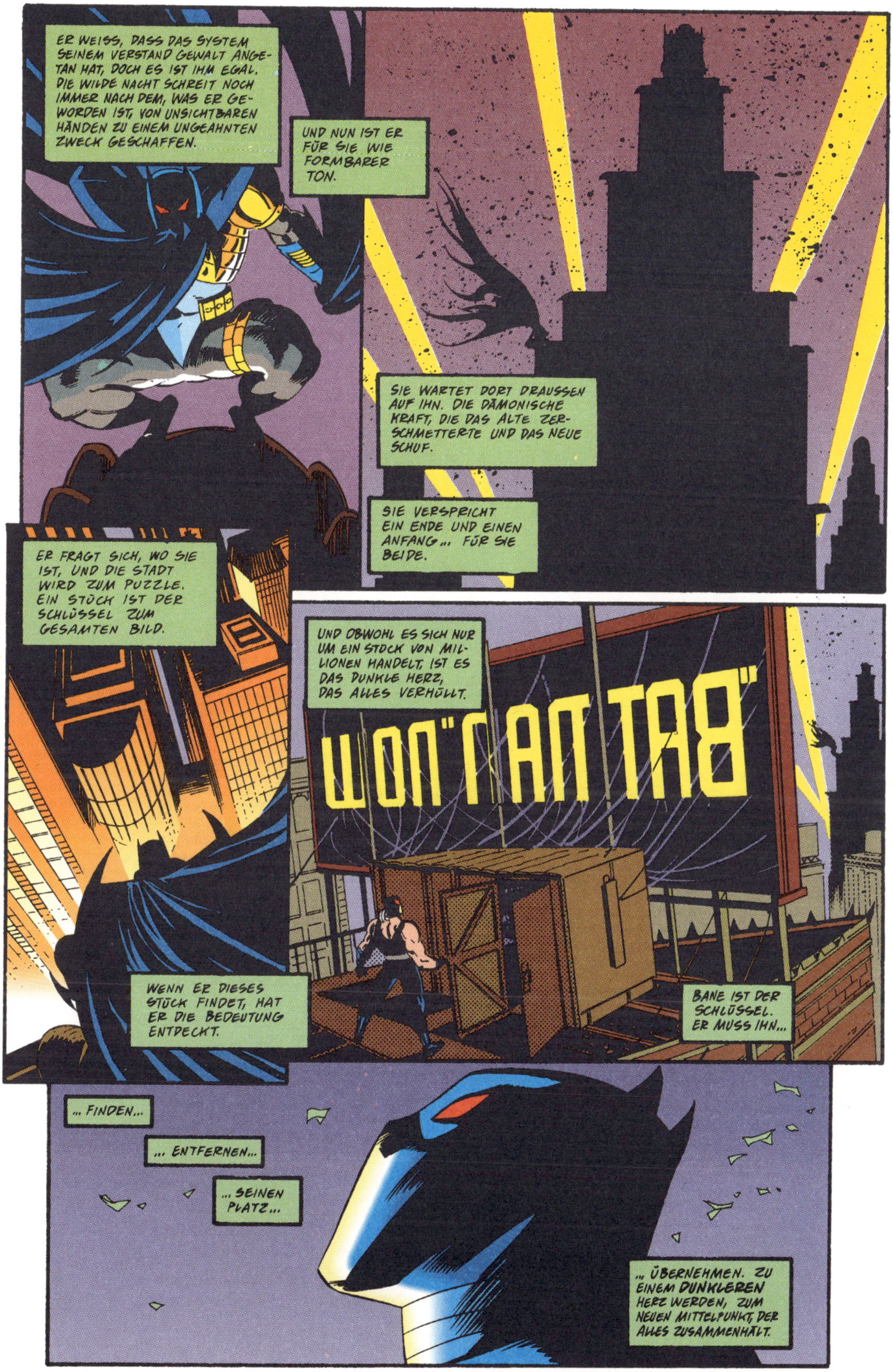

ER WEISS, DASS DAS SYSTEM SEINEM VERSTAND GEWALT ANGETAN HAT, DOCH ES IST IHM EGAL. DIE WILDE NACHT SCHREIT NOCH IMMER NACH DEM, WAS ER GEWORDEN IST, VON UNSICHTBAREN HÄNDEN ZU EINEM UNGEAHNTEN ZWECK GESCHAFFEN.
UND NUN IST ER FÜR SIE WIE FORMBARER TON.
SIE WARTET DORT DRAUSSEN AUF IHN. DIE DÄMONISCHE KRAFT, DIE DAS ALTE ZERSCHMETTERTE UND DAS NEUE SCHUF.
SIE VERSPRICHT EIN ENDE UND EINEN ANFANG... FÜR SIE BEIDE.
ER FRAGT SICH, WO SIE IST, UND DIE STADT WIRD ZUM PUZZLE. EIN STÜCK IST DER SCHLÜSSEL ZUM GESAMTEN BILD.
WENN ER DIESES STÜCK FINDET, HAT ER DIE BEDEUTUNG ENTDECKT.
UND OBWOHL ES SICH NUR UM EIN STÜCK VON MILLIONEN HANDELT, IST ES DAS DUNKLE HERZ, DAS ALLES VERHÜLLT.
BANE IST DER SCHLÜSSEL. ER MUSS IHN...
...FINDEN...
...ENTFERNEN...
...SEINEN PLATZ...
...ÜBERNEHMEN. ZU EINEM DUNKLEREN HERZ WERDEN, ZUM NEUEN MITTELPUNKT, DER ALLES ZUSAMMENHÄLT.

BATMAN NOW
DORT.
REGEN.
REGEN MACHT ES PERFEKT.
DIE HIMMELS-FLUT.
EIN NEUER ANFANG. DIESMAL WIRKLICH.
ER IST IRGENDWO DA OBEN!
RÄUMT DIE GEGEND!
RIEGELT DEN PLATZ AB!
LIEUTENANT KITCH... DA DRÜBEN! IST DAS BATMAN...?
34

SYMBOL.
JETZT WIRD DIE ZWEITE RUNDE EINGELÄUTET, LIEUTENANT.
ABER WAS... IST MIT IHM PASSIERT?
ER HAT SICH ZUM KAMPF GERÜSTET... ICH SAG DOCH, ER IST AUFGEWACHT!
BANE! ZEIGE DICH!
SPRAK
KZZZZT
FZZZZT
35

BAMP!
ICH KOMME!
WIR KÖNNTEN IHN JETZT ERWISCHEN, LIEUTENANT...
NEIN.
SIR...?
BEGEHT ER EIN VERBRECHEN, DAS ES RECHTFERTIGT, IHN ZU TÖTEN?
NEIN, ABER...
FLIEHT ER VON EINEM TATORT? IST TÖDLICHE GEWALT GERECHTFERTIGT?
DAS NICHT GERADE, ABER...
DANN HALTEN WIR UNS RAUS!
36

ABER DAS IST BANE... ER HAT BATMAN GEBROCHEN.
VIELLEICHT BRICHT ER IHN ERNEUT.
DANN HANDELN WIR... WENN DER VIGILANT VERSAGT HAT.
UND DANN WERDEN WIR SEHEN, WAS KROL VON VORSCHRIFTEN HÄLT.
ENDE ODER ANFANG, ER NÄHERT SICH IHM.
ES NÄHERT SICH IHM.
BAT
SIND DAS ANFÜHRUNGSZEICHEN, BULLOCK?
BEVOR BANE HINDURCHSPRANG, STAND DA: BATMAN - JETZT.
SIE SIND MIR GAR NICHT AUFGEFALLEN... ABER SIE HABEN RECHT, SIR.
WARUM?
UND WAS ZUM TEUFEL IST MIT SEINEM KOSTÜM PASSIERT?
37

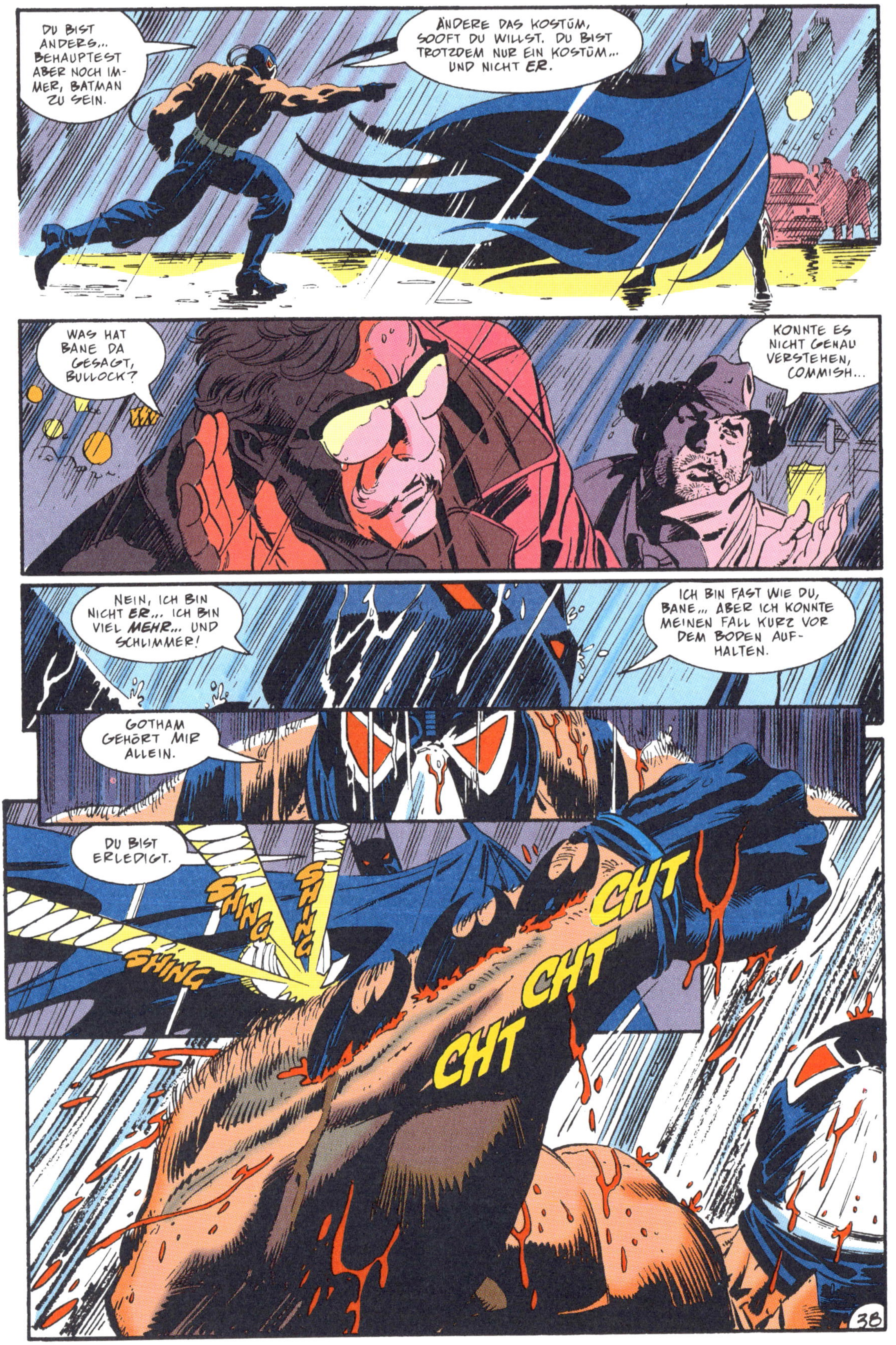
DU BIST ANDERS... BEHAUPTEST ABER NOCH IMMER, BATMAN ZU SEIN.
ÄNDERE DAS KOSTÜM, SOOFT DU WILLST. DU BIST TROTZDEM NUR EIN KOSTÜM... UND NICHT ER.
WAS HAT BANE DA GESAGT, BULLOCK?
KONNTE ES NICHT GENAU VERSTEHEN, COMMISH...
NEIN, ICH BIN NICHT ER... ICH BIN VIEL MEHR... UND SCHLIMMER!
ICH BIN FAST WIE DU, BANE... ABER ICH KONNTE MEINEN FALL KURZ VOR DEM BODEN AUFHALTEN.
GOTHAM GEHÖRT MIR ALLEIN.
DU BIST ERLEDIGT.
SHING
SHING
SHING
CHT
CHT
CHT
38

AHRRR!
SHHERK
HWUKK
SHUNK
GIFT...
SWFFFF
39

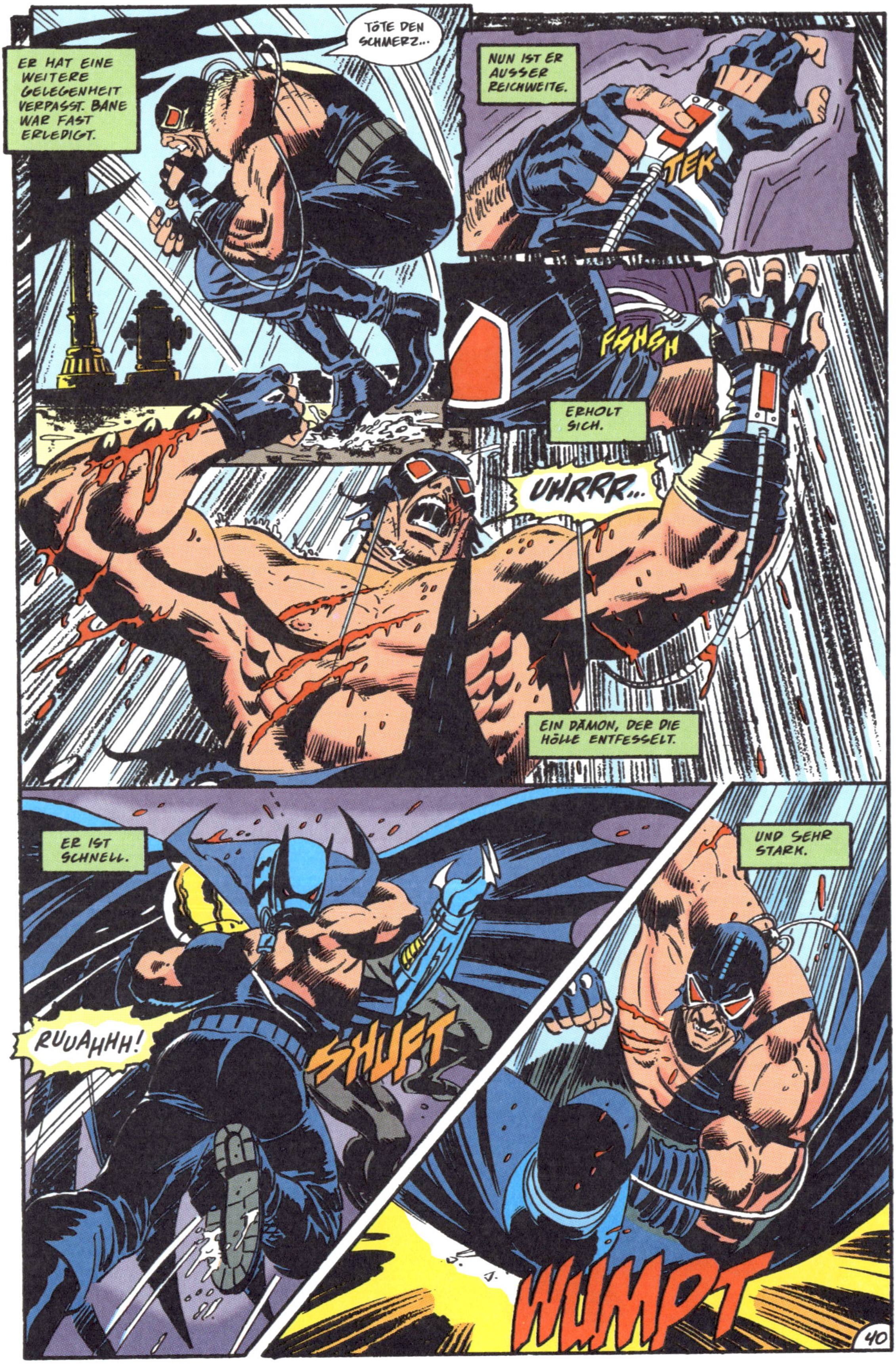
TÖTE DEN SCHMERZ...
ER HAT EINE WEITERE GELEGENHEIT VERPASST. BANE WAR FAST ERLEDIGT.
NUN IST ER AUSSER REICHWEITE.
TEK
FSHSH
ERHOLT SICH.
UHRRR...
EIN DÄMON, DER DIE HÖLLE ENTFESSELT.
ER IST SCHNELL.
RUUAHHH!
SHUFT
UND SEHR STARK.
WUMPT
40

SWUNK
SWAK
SWOKK
AUTSCH!
SCHARFSCHÜTZEN BEREIT.
AUF IHREN BEFEHL, SIR.
K-CHAK
L-LICHT.
AHN...
41

SHUP
UNFF!
KWUMP
JA! BESSER ALS ROCKY!
SHREKK
GIFT...
MEHR GIFT...
TEK
SHREP
REP. PEP
PEPT
42

DER TRITT IST HART.
NEIN!
SHOKK
ES ÜBERRASCHT IHN, ABER MEHR AUCH NICHT.
ER HAT BANES SCHWÄCHE ENTDECKT ... ABHÄNGIGKEIT VON GIFT.
ICH HABE SCHON GEWONNEN! ICH HABE BATMAN SCHON GEBROCHEN!
ER HAT DEM DÄMON DEN GIFTZAHN GEZOGEN.
NICHT DIESEN BATMAN!
SHING SHING SHING SHING
CHUT CHUT CHUT CHUT
43

NICHT SCHIESSEN!
CHECK
SIE KÖNNTEN IHN TREFFEN!
WARTET NOCH, JUNGS.
OKENS
HEY!
NO CHANGE
EIN ZUG? SIE HABEN DEN PLATZ GERÄUMT... ABER NIEMAND HAT DIE U-BAHN ANGEHALTEN?!
ES GING ALLES SO SCHNELL, COMMISSIONER.
UPS.

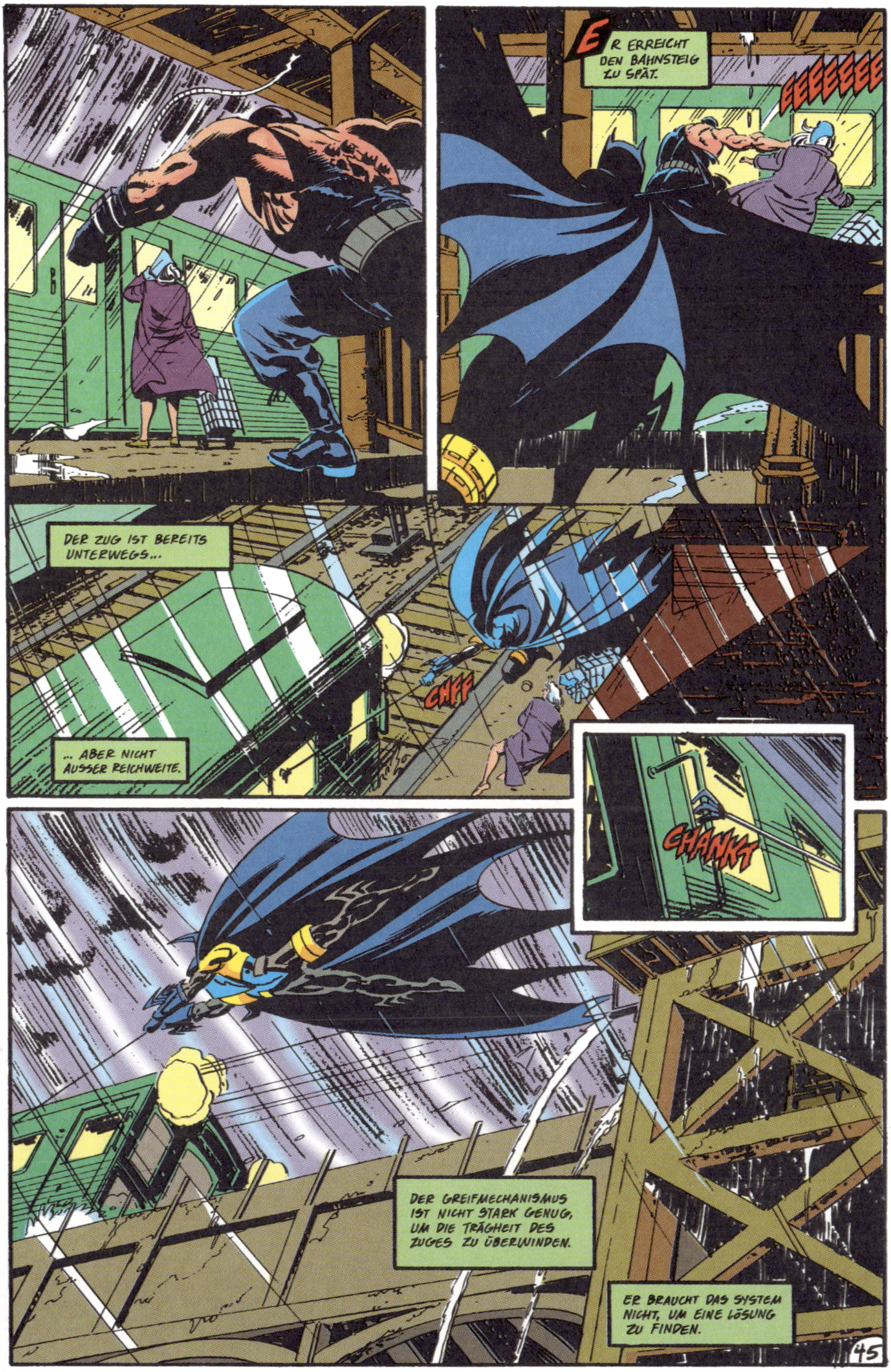
ER ERREICHT DEN BAHNSTEIG ZU SPÄT.
EEEEEEE
DER ZUG IST BEREITS UNTERWEGS...
... ABER NICHT AUSSER REICHWEITE.
CHFF
CHANKK
DER GREIFMECHANISMUS IST NICHT STARK GENUG, UM DIE TRÄGHEIT DES ZUGES ZU ÜBERWINDEN.
ER BRAUCHT DAS SYSTEM NICHT, UM EINE LÖSUNG ZU FINDEN.
45

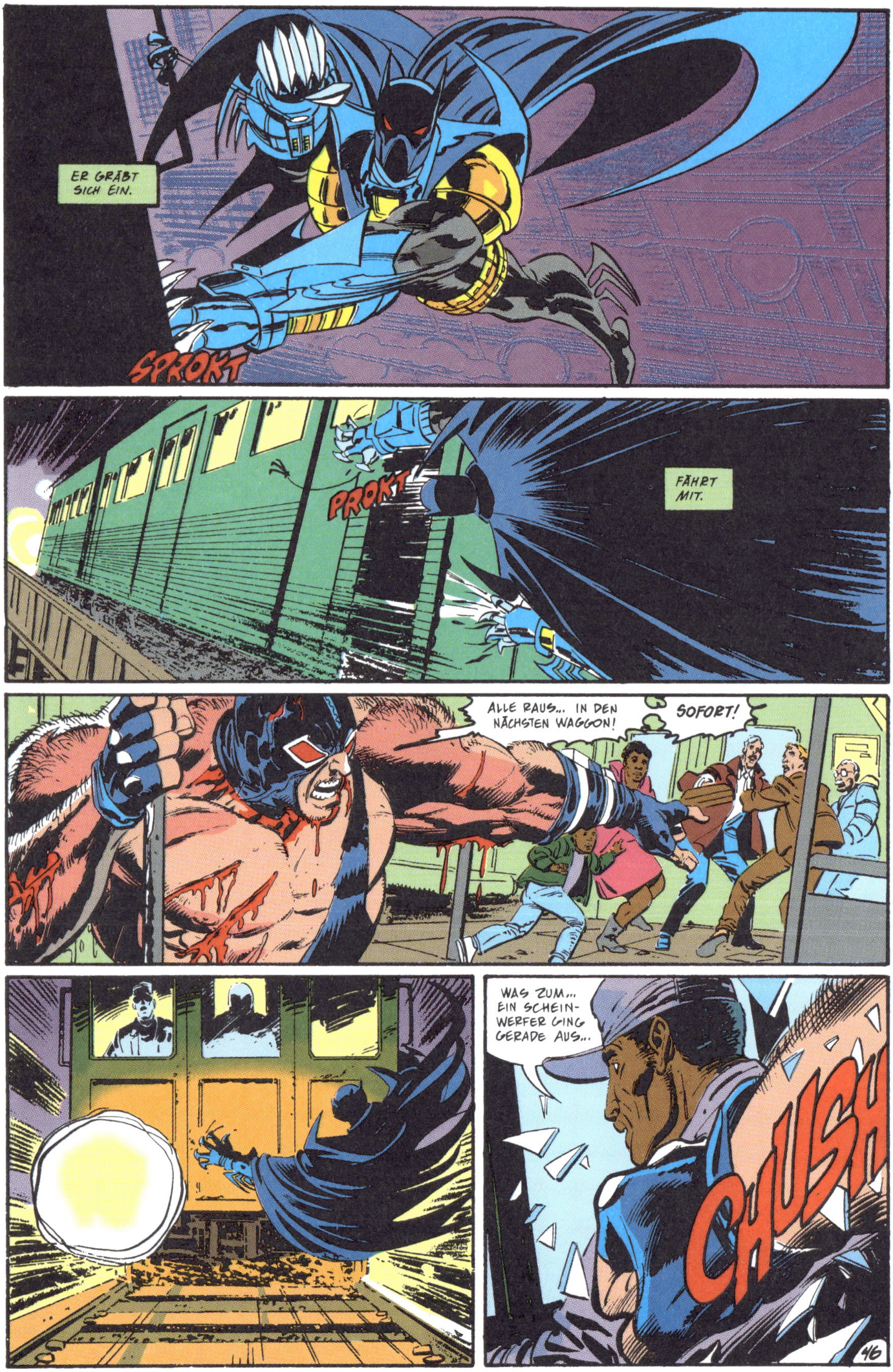
ER GRÄBT SICH EIN.
SPROKT
PROKT
FÄHRT MIT.
ALLE RAUS... IN DEN NÄCHSTEN WAGGON!
SOFORT!
WAS ZUM... EIN SCHEINWERFER GING GERADE AUS...
CHUSH
46

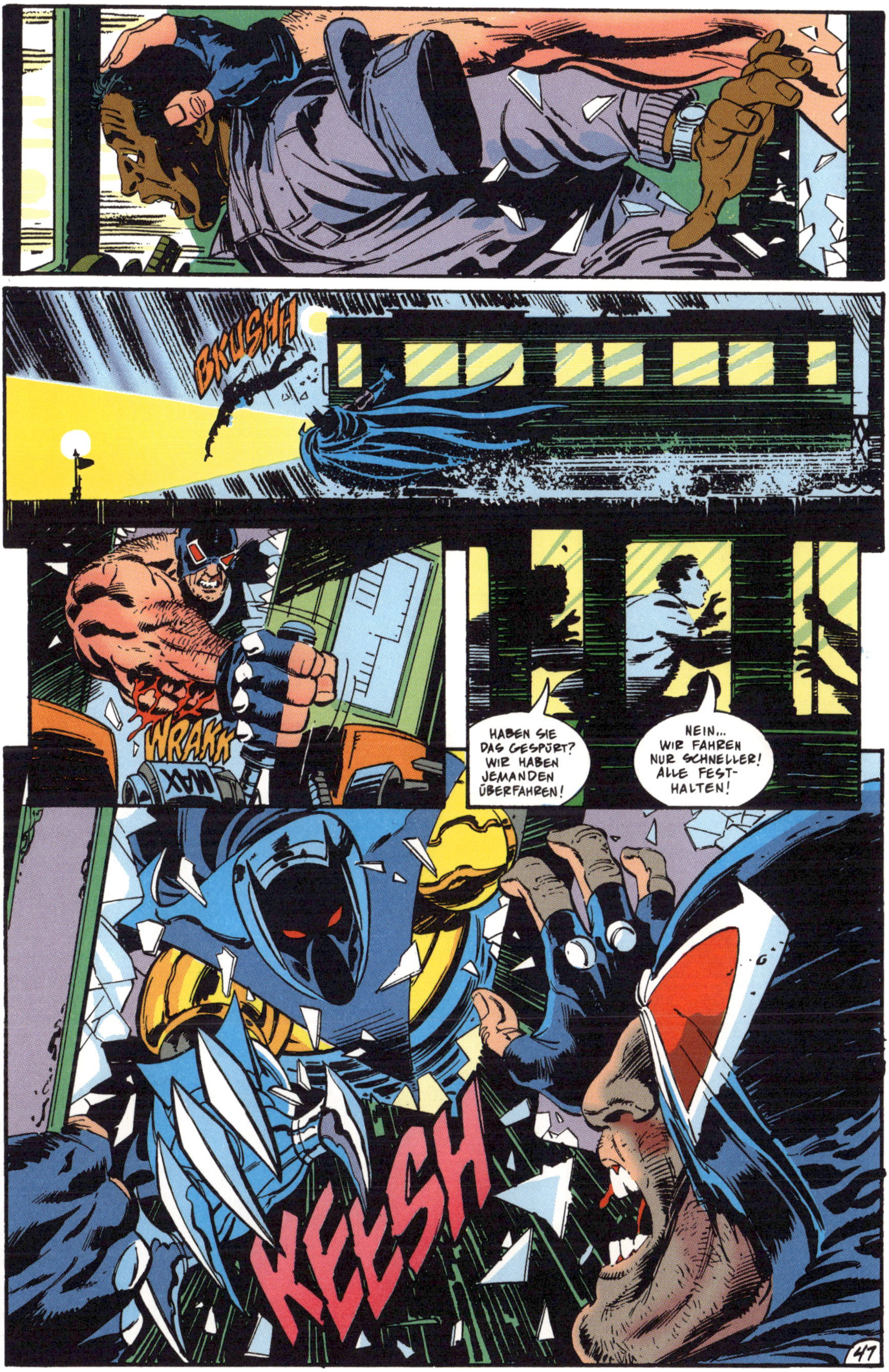
BRUSHH
WRAKK
HABEN SIE DAS GESPÜRT? WIR HABEN JEMANDEN ÜBERFAHREN!
NEIN... WIR FAHREN NUR SCHNELLER! ALLE FEST-HALTEN!
KEESH
47

FRASH
WOKK
KRUNCH
CHOOF
DAS GEHT SCHIEF, COMMISH! DAS GLEIS FÜHRT UM DEN PLATZ UND FOLGT DANN DEN STRASSEN... UND DIE KURVEN SIND VIEL ZU ENG...
... UM SIE BEI DIESEM TEMPO ZU SCHAFFEN!

ER KÄMPFT DA OBEN GEGEN JEMANDEN... ICH GLAUBE, ES IST BATMAN!
WIR WERDEN ENTGLEISEN! WIR WERDEN STERBEN!
WARUM TUT KEINER WAS? WARUM HÄLT DER ZUG NICHT AN?
DIE NACHRICHTEN-SENDER HABEN NICHT ÜBERTRIEBEN, ALS SIE VON „GEWALT-TÄTIGKEITEN" SPRACHEN...
ICH TÖTE DICH...
VIELLEICHT IM NÄCHSTEN LEBEN?
STUP
SKUNCH
49

MUSS BANE UND JEAN PAUL AB-TRENNEN...
FLK
TTTTT
BAOUM
WAS WAR DAS?
GOTHAM

EINE EXPLOSION!
WIR WERDEN LANGSAMER... WURDEN VOM VORDEREN WAGEN GETRENNT!
ABER WIE KONNTE...
BLEIBEN SIE IM WAGEN. UND KEINE ANGST...
HILFE IST SCHON UNTERWEGS.
THROKK
DER ERSTE WAGEN MUSS KEINE LAST MEHR ZIEHEN UND WIRD NOCH SCHNELLER...!
KUNCH
„DIE KURVE SCHAFFT ER NIE, COMMISSIONER!"
51

KROOM
The EYE
39
13
52

G-GIFT...
NOCH EIN SCHOCK...
CHWOKK
BWAKT
53

TÖTE MICH!
ER TUT ES NICHT.
GANZ GLEICH, WAS BANE IHM ANGETAN HAT... ER TÖTET NIE... AUSSER, ER IST NICHT...
KOMM SCHON, PAUL... BESIEGE DAS SYSTEM, MANN!
ÜBERWINDE ES... BITTE...
54

B-BATMAN...
T-TÖTE MICH, BATMAN.
NEIN.
DU BIST GEBROCHEN, BANE.
DAS GEFÄNGNIS KANN DIE STÜCKE AUFNEHMEN.
JA.
VIELLEICHT IST... ER ES DOCH...
HE, ER HAT MIT HARTEN BANDAGEN GEKÄMPFT... ABER WEN WUNDERT DAS... BEI DEN HANDSCHUHEN!
WENN DIE HERREN SICH UM BANE KÜMMERN WÜRDEN...
ICH MUSS DEM BÜRGERMEISTER BERICHT ERSTATTEN.
56

ENDE DIESER EPISODE - FORTSETZUNG IM NÄCHSTEN BAND